JN111324

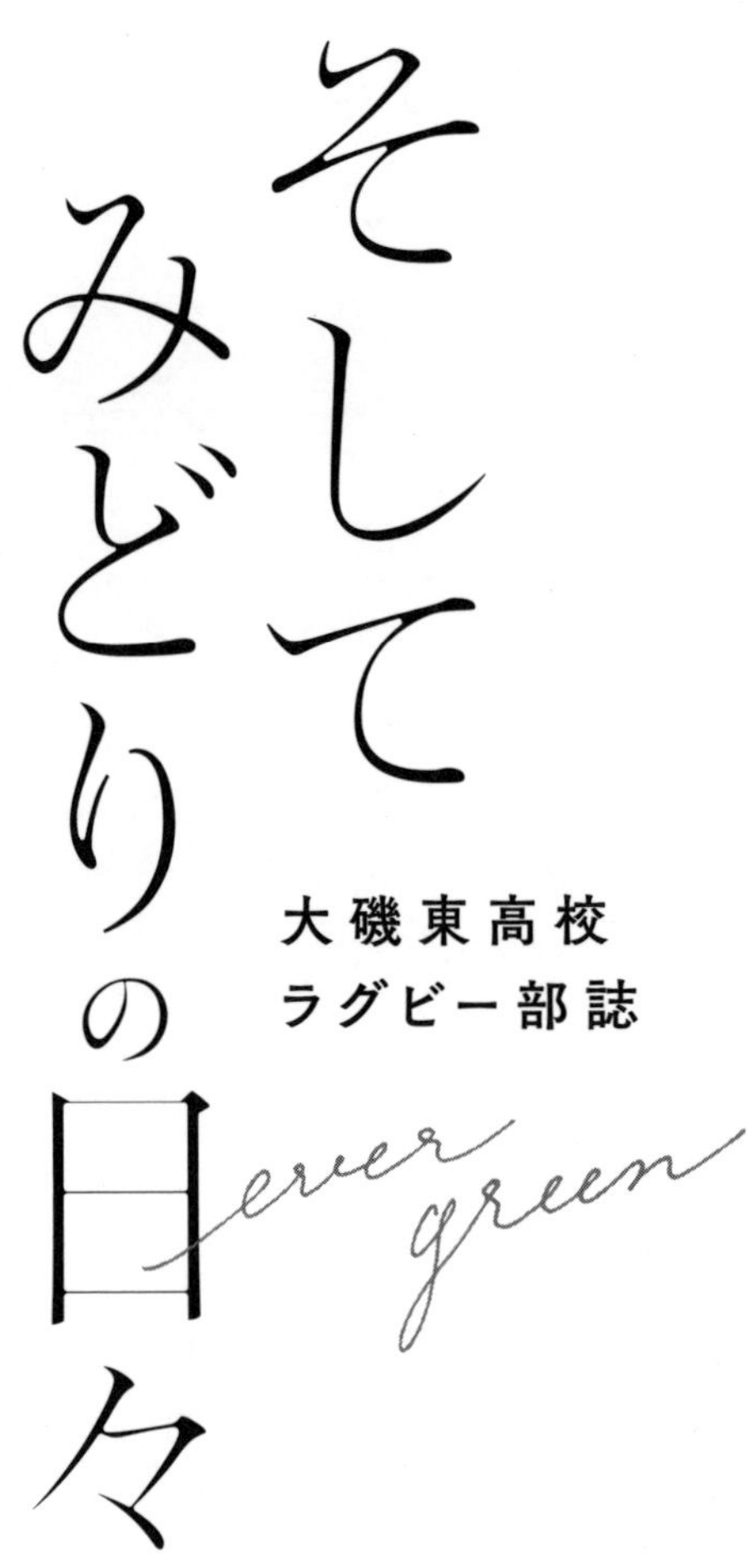

さとう つかさ

幻冬舎 MC

そして　みどりの日々

大磯東高校ラグビー部誌

OISC-E

装画：alma

目次

透明な空の下で　保谷幹人の場合

　あのさ、勇猛果敢ていうのと、優柔不断っていうのじゃ、感じが真逆じゃん。最初がゆうっていうのが同じでも。

　オレね、間違いなく優柔不断の方だったんだよね。だからかな、余計に勇猛果敢の自分を夢見てたところがあったのかも。もともとの性格もあるんだろうけどさ、オレがすっごい臆病になったのは、っていう一件があるんだよ。小学生のときのこと。何年生か覚えてないんだけど、くっきり覚えてるっていうことは、結構三年生くらいにはなってたんだと思う。死んだ、って自分で思ったんだ。

　平塚ってさ、市街地はまっ平らなんだよね。だからさ、チャリを多用するわけ。そのときも、まぁ風切って走ってたんだ。でね、なんでか分かんないんだけど、急ブレーキかけたのね。後輪のブレーキがまったく利かなくてさ、前輪だけ急に止まったんだよ。前にのめったチャリの勢いでオレ、いきなり空中に投げ出された。映像で見せられたら、きっと笑っちゃう。でもね、小学生の当事者としちゃ、恐怖そのものだよ。あり得ない高さから、真っ逆さまに歩道に叩きつけられて死んじゃうって。それって、やっぱ運だったんだろうね。だから今、こうしてるんだけど。オレ、一回転して、足から落ちたんだよ。身体も横に半回転してたんだね。左のヒザの外側をしたたかに打ったけど、死なずに済んだ。でもずいぶん長いこと病院に通ったんだよ。

チャリの向きがもうちょっと車道方向だったりしたら、ヤバかったかもね。交通量の多い国道の歩道だったから。ポジティブなヒトだったら、プラス思考で受け止めるのかもだけど、オレ、ネガになっちゃったの。

不思議なんだけどさ、オヤジもお袋も中肉中背なんだけど、オレ、中学に入る前から自分でも気持ち悪いほど背が伸びてったんだ。高身長ならいいじゃん、って思う？　でもさ、背が高いっていうだけで、バスケ部やバレー部の先輩につきまとわれるんだよ。臆病で優柔不断でしょ？　断る勇気もチャレンジする勇気もないんだ。あげくにさ、手先は不器用なんだよね。無理やりお試し入部させられるんだけど、実際に動いてみると先輩たちは軽くため息もらすわけ。なんだ、大したことねぇな、見かけだけかよ、って、口には出さないけどオレに向いてる視線がそう言ってたさ。

だから中学時代は帰宅部。何も手を出さない方がいいよ、って。チャリでかっ飛ばして急ブレーキかけたらあんな目に遭うんじゃん。余計なことしたら、ヒドい目に遭うかもよ。決断なんてしないで、流されてた方が楽で安全なんだし。そう、胸の内に言葉が浮かぶばっかりで。

だからさ、努力もしない。ムキになってもいいことなんかない。でも、サボらない。勉強なんかだって、高い目標は掲げないけど、失敗することへの恐れも強かったからね。平凡でふつーっていうのがいいんだよ。ただでさえ背の高さで目立っちゃうんだからさ。中三で180センチいってたから、毎日猫背で過ごしてた。身長に見合う身体の厚みはまったくないんだから、オレ、自分で思ってた、巨大なもやしだって。

だからさ、中の上がいいなって。それはね、高身長だってだけなんだけど、クラスの女の子の話題になってたり、誰それちゃんが保谷くんを、っていうウワサ、オレだって知らなかったわけじゃないよ。でも、一歩を踏み出す勇気なんかないんだって。決断できないオレがさ、どうしようっていうのよ。どうやって背の高さをごまかそうって考えてるだけの毎日なんだから。頑張ろうなんて、これっぽっちも思ってないオレがさ、自信もって他人と相対することなんてできるわけないじゃん。

◆

大磯東高に入学してね、自分が変われるのかなって、ちょっと思いはしたんだ。少しはオトナに近づくわけだし。でもね、どうしていいかまったく分からない。そりゃそうさ。無難に、無難にって思ってただけの人間が、簡単に目標なんて見つかるはずもないしね。1年D組の教室で、肩すくめたまんまで高校生活が始まった。またバスケ部やバレー部の先輩に引っ張られるんだろうな、って、入学式のときから思ってたし。なんだそんなもんかよ、っていう視線まで想像してたら、入学早々にクラい気持ちになっちゃったんだ。目を伏せて、そのまんま数日が過ぎてたって感じだったな。

授業が始まった。最初の授業は世界史。時間割表のプリントにはね、担当の先生の苗字だけしか載ってなかったんだよ。和泉って、歴史なんかどうせカビ生えたみたいなおっさんの先生だろうな、って、勝手に思ってたの。そしたらさ、チャイムと同時に入ってきたのがユーコ先生だったんだ。え、こんな若い、女性の先生なんだって、自分の想像とのギャップにびっくりした。でもね、どうせかたっ苦しい歴史の話になるんだろうなって思ってたら、簡単な自己紹介の後、楽しそうにギリシア神話のこと、話し始めたんだ。授業の内容はちゃんとは覚えてないんだけどさ。でもね、権力と名誉と美女と、どれを選ぶんだっていう問いへの答えは、オレ的には名誉。朽ちないものって、それだけだよねって胸の中で声がした。ユーコ先生はね、人間が積み重ねてきた喜びとか悲しみとか、そんないろんなことを分かっていきたいよね、って授業を締めくくった。それに、ラグビー部の顧問だなんて。

オレさ、中学の卒業式の後、やることもなくて毎日家でウダウダしてたんだよね。親にはうっとうしがられてたけど、趣味も友だちもないんだもん。それまで、人間関係敬遠してたからさ。それで、たまたまだったけど、合わせたテレビのチャンネルで、ラグビー見てたんだ。外国の、赤いユニフォームのティームと紺色のユニフォームのティーム。今から考えればウェールズとスコットランドのテストマッチだったんだね。最初は何やってたんだか分かんなかったけど、観客席の意味不明の声のうなりがすごいなって思ってさ。選手のね、確信を持った前進だとかどかんっていう感じのタックルだとか、すげぇって。外国のことだからさ、どっか他人事ではあるんだけど、こんな世界があるんだなって。殺し合いの戦争なんてもちろんヤだけど、プライドかけて身体張ってるっていうのはテレビの画像からも伝わってきたよ。ちょっと見にはアタマ禿げかけてるオッサンなのにさ、ジャージの下の胸のぱっつんっていいそうな筋肉の塊、オトコってこうなんだよな、って。そうなりたいって思ったワケじゃないけど、なんだか、イイなって浸ってた。そんな競技が、高校になればあるんだね。ユーコ先生は、大磯東でそれを主催しようとしてるんだ。そこで何かができればな、って、なぜだか思ったんだよ。でもさ、教室の中でも先生の問いに対してハイって手を挙げるのって、勇気いるじゃん。どうしようかなって、オレ、やっぱり結局ユージューしたんだよね。

オレの前の前の席に西崎っていうやつがいた。後ろから見てると、肩のあたりの骨格ががっしりしてるって分かるんだ。たくましさっていう言葉とは無縁のオレだったからさ、あんなやつはなんかの部活で活躍するタイプなんだろうなって思ってたんだ。そいつがさ、休み時間にションベンしてたら隣に立った。互いにションベンしながらなんだけど、不意にオレの方見上げて、ホーヤ、お前部活どうすんだよ、って聞いてきた。なんかやろうかな、ユーコ先生がラグビー部なら、それもな、っては思ってたよ。でもほら、優柔ヤローのオレだからさ、やっぱり返事は曖昧になるワケ。だから、お前はよ、って問い返したんだ。西崎は、ヨーイチはね、以前柔道やってたけど、このガッコには柔道部ないしな、って。ラグビー、どうかなって思ってるんだけどね、って、初めてオレ、ラグビーっていう言葉を口にしたんだった。その瞬間に、ヨーイチの口がへの字になった。なんか、気に入らねぇのかな、って思ったんだけど、あいつなりの賛同だったんだね。例によって、どうしようかなっていう逡巡が朝から放課後まであって、そのまんまトボトボ家に帰ってはため息ついてさ。

足立先輩っていう人がたった一人でラグビー部やってるって。それを知りながら手助けできたらなって考えながら、一歩が踏み出せない。そんな自分が、またもっとヤになってさ。ゴールデンウィークが迫ってきた頃に、ヨーイチとまた連れションしながらさ、一緒にラグビー部いかねぇかって。あいつ、返事のかわりに特大の屁をしやがった。ヨーイチってさ、心が決まっててもなかなか言葉にしないんだよ。まぁ、とびっきり足が遅いっていうコンプレックスもあったみたいだけど。

もちろん、オレとヨーイチがラグビー部に合流したとしても、その先に何かがあるとは思えなかった。人数がいなくちゃティームスポーツは成り立たないって分かってるからさ。どうしようかなって、またもユージュー。まだ入部もしてないうちからラグビー部のことで悩み始めた。お前馬鹿かよって、頭の後ろの方から罵倒されてたよ。イメージの中だけどね。

でね、昼休みの教室で、オレの横の机のところで、前田和ってやつと澤田紳治ってのがボソボソやってるのに気づいたのね。やつらは軽音楽部に決めてバンド組んだらしいんだけど、ドラムの石宮圭太とギターの前田が、なんだか合わないらしい。ベースもいねぇしどーしよーって言ってる。なぁ、軽音で上手くいかないんだったら一緒にラグビーやんねぇ？　ってつい、オレの口から言葉が出ちゃった。まだ入部してないんだけど、もうオレ、こうなったらラグビー部いかなくっちゃダメじゃん。前田と澤田は、その瞬間表情が消えたけど、まぁ否定はしなかった、って思おうとして、その放課後にヨーイチと一緒に部室に行ったんだ。翌日には石宮に声かけてさ。

六人で浜に行って練習したときのこと、忘れられないよね。何より、足立先輩とユーコ先生の、張りつめたような、それでいて嬉しそうな顔。むちゃくちゃな前田和のダッシュだとか、波打ち際に突っ込んでコンプレックス吐き出したヨーイチの叫びとか。全部未整理の、大磯東ラグビー部の再生の一瞬だったと思う。それはね、オレにとっては優柔不断の自分と決別しなきゃいけないときでもあったんだ。その時点でのオレ自身を含めて一年生五人は、オレが誘ったんだからさ。五人分の高校生活、重いよね。

優柔不断のオレが、それから変われたんだったら、それでドラマティックなのかもしれないけれど、正直言って、流されるまんま。同期のメンバーが徐々に増えていって、その中じゃリーダーっぽい立場になっちゃったんだけど、戸惑いっぱなしではあったんだよね。オレ、こんなはずじゃなかったって、いっつも思ってたもん。

龍城ケ丘高との合同ティームから始まって、他校との試合とか合同練習とか。足立先輩がバックスのリーダーだったし、途中入部の先輩の、風間さんも今福さんもバックスだったからね。フォワードはオレが、ってやっぱりなるわけで。

ちょっとグチらせてもらうとさ、風間ゆうきさんと今福ジョータローさん、オレ結構苦手だったんだよ。二人ともクセも主張も強いしさ、互いに張り合ってるから譲り合わないし。タメ歳の足立さんなら苦笑いでやり過ごすっていう手もあるわけだけど、やっぱ先輩だし、フォワードにこうしろよっていう要求が、オレに来るわけ。時に、双方の要求が矛盾してってもね、ハイって言うしかないのね。そのギャップの乗り越え方をオレなりに解決するの、時間かかったけどさ、結論はね、バックスの要求はどうせワガママなんだから迷ったら、矛盾したらフォワードで行く。それだけ。そうなったらさ、優柔不断なオレ、って言ってられないじゃん。決断、決断、っていっつものどの奥で呟いてたよ。内面ではさ、いつまでも優柔不断なオレなの。でもね、いつしか、勇猛果敢なフォワードリーダーっていう立場になっちゃってた。いや、そうせざるをえなかった、んだけどね。

それにしても、同期のフォワードの連中、変に自分を持ってるヤツばっかだしね。超鈍足のヨーイチにしても、タックル怖い病を克服するのにずいぶん時間かかったケータとかさ。メシ食い出したら止まんないえんちゃんとか、いっつもカラスみたいに無感動なタツローもね。タツローってさ、何だか分かんない方向を凝視してることがあったんだよね。でもさ、試合のピッチだとね、その後にタツローが見てた所でブレイクダウンになったりするんだ。ちょっとコワいヤツって思ってたけど、タツローなりの読みなんだろうな。きっと今は双眼鏡かなんか持ってフィールドで、オレなんかが名前も知らない鳥のこと追っかけてるんじゃないかな。テラなんか、やっぱりホントは音楽やりたかったんだろうね。テラの指ってさ、たくましくもあるんだけど、すっごいデリケートな動きするんだぜ。サックスの演奏するためのようななめらかさなんだもん。手先が不器用なオレは、あの指がうらやましかった。でもさ、テラ、ユーコ先生の世界史に感化されて史学科に進んだんだぜ。

◆

大げさな言い方になるんだけど、多分、先輩たちが引退をかけた横須賀東高との花園予選、細かな所まで、生涯忘れないと思う。オレらが二年の秋。

横須賀東の監督の先生はユーコ先生の恩師だって知ってたし、前に横須賀東の試合への入り方を見学させてもらったこともあった。ユーコ先生ほどじゃなくても、オレにとって特別な相手ではあったんだ。エンジとグレーのグラデーションのユニフォームは、公立校強豪ティームのシンボルさ。でも、シンプルなネイビーの大磯東のユニフォームにも、しっかりプライドは宿ってる。それはね、それまでに積み重ねてきた厚みが違うのは仕方がないさ。オレなんかがフォワードリーダーなんだから。ラグビー経験一年未満って選手がごろごろいるってのが大磯東の現実なんだ。でも、それがなんだってんだ、やってやろうじゃないか。秋葉台の人工芝グラウンドの10メートルラインに沿って入場するときにはオレ、そう思ってたよ。でもね、そう思ってるオレって、ホントにオレなの？　とも思ってた。キックオフ前に、円陣組んで気勢上げるのがいつものことになってたけど、その直後にさ、足立さんに肩を抱かれた。一言だけ、お前が頼りだ、って。

意気に感じたとかって、スポーツ新聞の見出しとかにあるじゃん。そんなシチュエーションだって分かってはいるんだけど、そんなのはオレらのことじゃない。その瞬間にね、オレ、醒めたんだ。過剰な緊張の中にいた自分を理解した。理解したっていう言葉が出てくる脳って、異常事態じゃないじゃん。だからこそ、この試合のこと、生涯忘れないって言えるんじゃないかな。そこが、オレが変われたポイントだったのかも。

明らかに格が違うティームさ。大磯東は頑張ったって他人は言うだろう。そうじゃない。そこには事実だけがあった。その事実って、でもすっごい単純なことでもあったんだ。ボールを持って前へ行きたい。仲間を助けたい。その気持ちだけ。ただ、相手ティームが冗談じゃねぇぞっていうような圧をかけてくるってこと。キツかったさ。ハンパなくキツかった。でも、その分、すっごく楽しかった。

その瞬間はね、現実のこととは思えなかったんだけど、最初のトライのとき。相手のキックオフはテラの所へ。単発のタックルで倒れるテラじゃないんだけど、やつをなぎ倒すようなタックルだった。一歩も前に出られないような狙い澄ましたタックルだったんだ。なんとかボールつながなくちゃって、振り向いたテラと目が合った。駆け寄ったオレに、ぎりぎりのパスが来た。そこからはさ、全部苦しまぎれのパスばっかりだったんだけど、そのパスごとに一歩か二歩の前進をかろうじて、って感じ。スムーズなラインでのアタックになんか持っていけなかった。

ダブルタックルくらったヨーイチが、多分あいつの百パー以上の我慢で立ってた、おそらくはコンマ何秒ってタイミングで、オレ、そのボールにアプローチできたんだ。右にターンを切ったら、前に相手がいなかった。密集サイドのディフェンスもきっちりしてた横須賀東だけど、たまたま、今度はバックスラインって、なぜか思ったのかも。でもね、オレら、フォワード戦にこだわってたんじゃなくて、それしかできなかったんだけどね。でね、オレも必死に走ったさ。目の前に迫ってくるゴールライン。ウソだろって思った瞬間に、左から強烈なタックルが来た。あんな踏ん張り、もう一回やれっていわれてもムリ。でも、その瞬間のオレにはできたんだ。

届けぇ！

って、心ん中でか、実際に声に出してたか、自分でも分かんないんだけど。

意志とか頑張りじゃないね。願い、だったと思う。そのときばっかりはこの身長に感謝した。オレの腿にかかった相手タックルの手のひらが微妙に、ホントにわずかに滑ったのが分かった。右手一本で、ぎりぎりライン上にボールが届いたんだ。

レフリーの笛がさ、どこか別世界で鳴ってた。え、オレが？　って思ったんだよ。

インゴールに戻ってくる横須賀東のメンバーが、奇妙なほどの無表情で、でも全員がオレを見てたよね。

多分、オレを含めてウチのフォワードはその一連のアタックで、ものすごく消耗したんだと思う。次の相手キックオフからのタックルの嵐に、どうにもこうにも後退するしかなかったんだ。変な展開ではあるんだけど、前半はね、ほとんど双方のフォワードが意地張り合いながら、勝負しあってたようなゲームになっちゃった。格下のウチのティームに、結果としてそうなっちゃっただけなんだけど、フォワード戦で先制されたことに、横須賀東のフォワードは納得できなかったんだ。だから、フォワードにこだわったんだと思う。でもね、振り返ってのことだからそう思えるんで、そのときはもう必死に目の前のプレッシャーをしのぐことしか考えられなかった。踏み込んでくる黒の短パンと赤いソックス。オレらのプライドまで踏みつぶそうとしてるって。ただ、オレらだって毎日毎日、足を動かし続けること、声を出し続けることをやってきたんだ。仲間の声が聞こえるって、もうぶっ倒れちゃいたいって思っても、次の一歩を導き出すんだね。

前半のうちに、やっぱりって感じで三本のトライを失いはしたものの、簡単に許したトライはなかったよ。それ、全部フォワード戦での結果。7対21で前半を終わった。

ハーフタイムにさ、どっかで打ったんだね、右目の上が腫れ上がったワッサをトモっちに代えることにした。ワタルもりょーさんに交代。えんちゃんからダイに交代。一番消耗してたのがテラだったから、まんちゃんにって、その瞬間に、テラ、叫んだんだ。やらせてくれ、オレにやらせてくれって。普段、柔らかく笑ってるテラがさ、目を血走らせて叫んだんだよ。テラはね、後半最初の相手への猛烈なタックルで、多分肉体的なダメージじゃなくて燃え尽きた感じだった。ようやく立ち上がったテラの表情、消えてたもん。そこで、まんちゃんに交代した。ピッチに立ち続けたフォワードは、ヨーイチとタツロー、ケータとオレ。オレも含めて、多分立ってるのがやっとの状態ではあったんだ。でも、その分、バックスのメンバーがバックアップしてくれた。足立さんもシンちゃんも、シーナも今福さんも、フォワードがもう届かなくなったタックルをカバーしてくれた。後半はね、ずいぶん長い間、互いに無得点のままだったんだ。

多分、横須賀東は三本目のトライを取った後、オレたちがもう折れるだろって思ったんだろうね。リザーブに入ったメンバーも全員一年生だし。でもね、オレたちは折れなかった。ぎりぎり以上の何かを重ねて、前に、前に、って思ってた。最後の最後まで、叫ぶような仲間の声が聞こえてたんだ。こいつら、すごいって、ティームメイトの一人ひとりへの感謝とリスペクト感じながら、動きたがらない自分の脚を叱咤しながらムキになって走ったんだ。

あと五分！

マネージャーのえびちゃんの叫ぶ声が聞こえたとき、ケータが相手のセンターにものすごいタックルをくらわせた。相手の身体がくの字になっちゃうようなタックルさ。左斜め後ろから見てて思ったよ。あいつここまで追い詰められた中で、なんであんなに地を這うようなダッシュできるんだよってさ。勢いで、相手のノックオン。ようやくのチャンスの、オレたちのスクラム。フロントのヨーイチもタツローも、揺るがない。でもさ、ヨーイチの太腿がスクラムに入る寸前まで、震えてたのは見てた。それで、奇妙に落ち着いたボールがオレの足元にやってきた。位置は右オープン。オレがサイドへ行ってやろうかな、って思った。

ミッキー！　行っていいぞ！

足立さんの声が聞こえた。テレパスかよ。でもさ、あれってホントに言われた言葉だったのかな。妙にそれだけがくっきり聞こえた感じもするんだよね。でも、それはどっちでもいいや。よっしゃって、右サイドにボール持ちだしたんだ。相手のバックローはオレに襲いかかってくる。ジュンの声で右にパス。客観的に見れば、ハチキューっていうプレーなんだけど、相手の意識もスクラム周辺に来ちゃってたんだろうな。ノープレッシャーで足立さんにパスが通った。

そこからは、伝家の宝刀さ。足立さんの右足からキックパスのボールは空中に舞い上がる。約束された位置に、ゆうきさんが走り込む。普通はね、それでフィニッシュなんだ。でもね、横須賀東はそんな状況でも許しちゃくれない。オレのファーストトライのときと同じさ。相手フルバックがゆうきさんの下半身に襲いかかったんだ。それを誠実にサポートしてたのがジョータローさんだった。でっかい声でね、ゆうきぃー！　って、あの声、忘れらんないよな。年中わけ分かんない言い合いしてたくせにさ。折り返しのパスで、トライを奪えたんだ。

まだまだ、って思ってたからかな、ジョータローさんは、そそくさって感じでコンバージョンゴールを、それでも決めたんだ。14対21。もうちょとでも、わずかな時間でも残されてたら、同点へのチャンスはあった、と思う。でもね、その瞬間にレフリーの笛がノーサイドを告げた。負けたんだけどね。不思議だね。悔しさとか先輩たちが引退する寂しさとか、ないわけじゃないんだけど、目の前がすっごく明るく開けた一瞬でもあったんだ。だってさ、思わず見上げた空がさ、こんなに青かったんだって思ったんだもん。

◆

オレたち、もしかしたらすごい試合したのかもしれないって、それはそうなのかも。でもさ、大磯東のメンバーは、出場メンバーだけじゃなくて、ベンチサイドも全員無表情で、むしろ淡々と後片付けし始めた。それはね、次の試合のティームへの配慮ってのもあるから、当然の対応ではあるんだけど。

インゴールの端っこでストレッチして、オレはそこで初めて両腿とも強烈に痛いってことに気づいたし、右側の肋骨にもぴくりとする痛みがあった。何よりさ、ちゃんと真っ直ぐに歩けないいんだ。出場したメンバーは多かれ少なかれそんなもんだった。重大な怪我ではないにしても、限界とかそんなことかまわずに、気持ちだけが身体を動かしてたんだろうな。馬鹿馬鹿しいことだけどさ、明日学校行けるかな、って心配になったよ。明日、チャリ漕げるまで回復してる自信、なかったもんな。

じゃあ、サボってもいいか、って、そんなアイデアが浮かんだ。小心で臆病なオレが、開き直ったのは多分それが最初。いつの間にか、性格が裏っ返し。

仲間たちだってさ、自分でジャージ脱げないとか、立ったままズボン穿けないとか、身体の機能がマヒしちゃってた。マネージャーさんの前では着替えも、って遠慮するのが常だったテラだって、マネさんに着替え手伝ってもらってたしさ、マネさんたちも幼児の着替え手伝ってる保育士さんみたいだったし。

でもね、オレ、思ってた。仰向けに人工芝の上にいてさ、見上げる空の色って、ホント青いのな。当たり前の世界って、当たり前の世界じゃないんだ。当たり前の世界を作り出すのって、実は自分自身だって、鳩尾の奥の方で思ってた。あぁ、オレ、この世界にいていいんだってさ。

これで引退する足立さん。今福さん、風間さん。スタンドの背後の歩道で先輩たちを囲む輪ができたのはずいぶん時間が経ってからのことだった。先輩たち、感動的な言葉を残してくれるのかと思って、オレたち多少身構えてはいたんだけどね。

時間、足んなかったよな。後、頼むな。って足立さん。

遅れての入部で悪かったな。でも、楽しかったよ。ってジョータローさん。

なんだか、なごみとの勝負しきれなかったけどな、ってゆうきさん。

え、それだけ？　って思ってる間に、先輩たちは背中を見せた。

オレは分かってる。あの三人の横顔は、オレらにウェットなの似合わねえじゃんって言ってた。でもさ、あれがカッコつけてるポーズの、精いっぱいだったんだよ。だからさ、その三人の学生服の背中、サイコーにカッコ良かったたって、今でも思うよ。

ユーコ先生とかえびちゃんとか、もっと感情を表に出すかなって、でもさ、マネさんたちもすっごく穏やかな表情でさ。達成感とかって、でも言葉にしちゃうとなんだかシラけちゃうのは、なぜなんだろうね。

で、その瞬間に、オレはユージュー人間の自分を捨てた。先輩たちの背中を見送るメンバーに再集合をかけた。次のキャプテンはオレだぜ、って言うためにね。

今は、ここまでだった、でも、この上まで登ってみたくないか？　そのために、オレらでやってかなくちゃいけないこと、あんまりにも多いんじゃないか？　時間、ないんだぜ。残されたメンバーで、新人戦、関東大会予選、戦っていくんだぜ。

見回したメンバーの中で、目に光がないやつはいなかった。それでいい。それでいいんだけど、でも、口に出しはしなくても、足立さんのリーダーシップも、ジョータローさんの無駄口も、ゆうきさんの不平不満の声もなくなっちゃう毎日って、妙に寂しいよなって、みんなが思ってたはずさ。

◆

オレはその晩、ベッドの上でずっと眠れなかった。時間って、けっこう残酷だよなって考えてたんだ。ついこの間、散々迷ってラグビー部に入ったのに、残されてるのは、もう一年しかないんだ。苦しい、キツい、でもとんでもなく中身の濃い一年、になったとしても、その先に何かが保証されているわけじゃない。ラグビーなんて、打算でやるもんじゃないからさ。でもさ、先輩たちだって言葉にはできないような何かを持ってグラウンドを後にしたはずだよ。じゃあ、オレたちも、って、思いたいじゃんか。

でもね、眠れなかったからって苦しかったワケじゃない。なんでかな、やってきては消えてゆくイメージが、透明な空の下にあるって感じてた。全部、ぜんぶオレらのもんだって思って、欲張りたいって思ってたんだ。

オレの部屋ね、東側に窓があるんだ。眠れないまま、朝日が差し込んできたんだよね。その光を見てたら、なんだか目がアツくなった。自分で気づかないうちに、オレ、泣いてたんだよ。何に涙したのかは、自分でもよく分かんない。

でもさ、気持ちのいい涙がこの世にあるんだって、初めて知ったよ。

ライムグリーンの週末

新田（にった）ありすの場合

小さな手のひらの上のペットボトルの重さを、まだ覚えている。

父が買ってくれた、唯一の私好みのもの。

電子マネーの反応する音とか、けたたましい音で取り出し口に下って来たボトルとか、そんな一つひとつが記憶の中に鮮明に、ある。

ずっと、謹厳な父の視線を恐れていた。叱責の言葉を、そう頻繁にぶつけられたわけではないのだけれど、甘えを許さない冷たい響きの父の言葉に慄いていた。

おそらくは、その感情は母が感じていた思いから伝染したものだと、今は思う。冷厳な父と、それに怯える母の結婚がどのように成立したのか、母は決して語ることがない。そして、母もまた父に対する、あるいはその視線に対する畏怖の感情を、いつの頃からか抱き続けてきたのだ。

物事をキチンと片付け、曖昧に済ますことを気持ち悪いと思う自分の潔癖さに気づくとき、その性癖を父から受け継いだものだと思わされることがある。それは、自分の心の底にある何かを思い出す瞬間でもある。父がいることで重苦しくなる空気に満たされた家庭の中で、私は幼少期を過ごしてきたのだ。

そこから逃れたいという本能のようなものもあった気がする。それでも、駅のホームの自販機で飲み物を選ばせてくれた日に、それを驚き、目の前が明るくなったような気もした。さんざん目移りしたあげくにボタンを押したカルピスウォーター。取り出し口に出てきた白いペットボトルの口を切ってくれた父。それを手渡しながら、父はベンチに座って待つように言った。そしてそれは、守らなければいけないことでもあったのだ。

私は、ペットボトルの中身の、優しい甘さを思い浮かべながら、その冷たさが緩んでゆくままに、ラベルのロゴを見ながら父を待ったのだ。

そしてそのホームから、父は失踪した。

何本もの電車が行き過ぎていった。でも、父が私を促すことはなかった。父の言葉がなければ、どの電車に乗ればいいのかも分からない。積もる不安の中で過ごした小学校二年生の、夏の夕方のことだった。その後のディテールは、霞む記憶の中に紛れたままではある。でも、その記憶は一つの事実を私に刻みつけた。

私は、父に棄てられた。

父は、私を駅のホームに残したまま、どこかに消えてしまったのだ。

父の、母や自分に向けていた冷たい視線は、自分の家族への忌避感だったのだ。なぜそんな感情を父が持ったのかは想像さえできないけれど、父は自らの家庭に背を向けた。私の目の前で。

父に棄てられた。

確かに、父を恐れてもいた。父に向かって、甘えたり微笑んだりできなかったこともある。でもその背中に、その横顔に、信頼を置いていたことも事実なのだ。家族として。

自分が大切にしていると思っている人でも、もしかしたら自分を疎ましく思っているのかもしれない。いつか、誰かが、自分から離れてゆく選択をするかもしれない。私は、誰かから忌避されるべき存在なのかもしれない。

まだ幼い心の中にある語彙は、そんなに複雑なものではなかったけれど、私を嫌いにならないで、と常に誰かしらに思い、願い、そして、空しくその横顔を見送る。誰に何を願うのか。そんなことが分からないまま、自分以外の「他者」を見つめるようになった。だから、教室の中で、表情を閉ざさざるを得なかったのだ。それは、いつも、目の前のことにだけ振り回されている周囲の、普通の人たち。私にとってはクラスメートたちと、おそらくは理解されがたい壁を自ら作っているような毎日だったのだろう。

今なら、少しは分かる。誰だっていろんな屈託を抱えてるって。でも私はその頃、自分のことしか見えてなかったんだ。

誰と、どのように接すればいいのか分からない。

私は、棄てられた子どもなのだ。

そんな思いの中に過ごすことしかできなかった日々。今日が何月何日か、何曜日か、思いもしないままに過ぎてゆく、日々。

父が去った日から、何かが失われた日々が無意味に続いてきた。そう、思っていた。

学校って、悲しい。

先生たちはなんであんなに、一生懸命であろうとするのだろう。知りたいことは、授業じゃなくても知ることはできる。教科書じゃなくても、真実を記した言葉はいくらでもあるはずだ。でも、そこから外れて踏み出せない先生の言葉も、その外側にある世界を知ろうとさえ思わない同級生たちも、きっといろいろな、意識してさえいない打算の中に生きてるんだろうな、と思っていた。

私は、ここにいる。ここに、いるのだけれど。

◆

ねえ、ありす。

中学三年の秋、たまたま隣の席だった小山朱里ちゃんに話しかけられた。友だちといえる同級生もいないままだったけれど、彼女は誰にでもあけすけな口調で話しかける子だったから、私に対してもまったく無遠慮ではあった。

高校さ、どこ受けんの？　私立とかは？

なぜ朱里ちゃんはそんなことを問いかけたのだろう。

私は不思議な気持ちを抱きながら彼女に視線を向けたのだ。

ありす、成績いいもんね。公立だったら。

そう言って、朱里ちゃんは平塚市内の、県立高校の名をあげた。この地区のトップ校の名。名門校とかトップ校とか、ランキングを意識したことさえなかった私は、どの高校を受験するかというリアルを、実感することはなかった。そして、朱里ちゃんのその問いかけで、地を這うような現実を突きつけられたような気持ちを持たざるを得なかったのだ。でも、単純な現実もあった。電車通学は、できない。駅のホームには、立ちたくない。

東か、西、かな。

本当は誰かにそんなことを言うつもりもなかった。でも、朱里ちゃんと目が合ってしまった。目線や小さなひと言を交わすことがある、数少ない同級生ではある。つぶやくようなその私の言葉に、朱里ちゃんは嬉しそうな表情を浮かべた。でも、その瞬間に胸に浮かんだ、ある種の罪悪感。これは、なんだろう。

電車通学をする選択肢を排除する以上、徒歩で通える大磯東か、自転車通学になる大磯西しかあり得ない。そしてまた、穏やかな校風の中で身を潜めるように過ごすのなら、運動部が活発で何かとその活力が話題になる西高より、東高を選択することに、やはりなるのだろう。漠然とそう思っていただけだ。

でも、多分東高にする、と思うけど。

おそらくは、かなりぶっきらぼうに聞こえるだろう声音で、小さく言った。そんな口調にいちいち反応しないで平然としているのが小山朱里という子なのだと分かっていたから。そしてそれは、私の甘えでもあると分かっているから。

じゃあさ、一緒に東高行こうよ。私さ、ギリ東高に手が届きそうなんだよ。

手のひらの上の、ペットボトルの重さが忘れられない。

それは、ただの飲料水の重さではないからだ。

その重みとともに、私は父に棄てられたのだ。母と私は父から。でも、それは父が家庭というものから逃げ出したのだと考えることもできると気づいたのはいつのことだったか。誰かが悪かったのか、誰にも罪などないのか。でも、もてあそんでいたペットボトルの重さの向こうで、父は私に背を向けた。その背中を、私は見ることができなかった。見て、いなかった。

あの夏の夕方。

◆

入学式の後、ホームルームの前にクラスの集合写真を撮った。まだ若い和泉佑子先生の誘導で、砂浜に移って撮影した。

大きく広がる相模湾を背景にすると逆光になってしまうので、砂浜に下りる階段を利用して列を作り、砂浜から見上げるカメラマンの指示の声に合わせて撮影したのだったが、私は目の前の大柄な男子生徒の背中に隠れようとし、何度かカメラマンの修正の声を受けることにはなった。

正面の、洋上の太陽とその下の伊豆大島の島影。左手遠くには江の島。春の微風。そんな、何一つ不満を言うものもない新生活の初日なのに、気持ちの隅にはぼんやりとした屈託が潜む。そしてその屈託は、やっぱり存在感を失わない。

クラスメートの、さんざめきながら校門に戻っていくその列の、ずっと前方に担任の和泉先生が歩いている。時折横顔を見せながら、クラスの男子生徒と話している。紺色のスーツの背中は一生懸命肩肘張っているだけに、余計に痛々しい。

でも、和泉先生の横顔には陰りがない。

それはそうなのだろう。学校の先生になることを志して、こうして四十人の新入生の担任になった。ラグビー部の顧問もしていると、さっき自己紹介でも言っていた。その華奢な肩にのしかかって来る重圧や、周りの、ベテランの先生たちに伍して仕事をしてゆく覚悟がなければ、次の一歩も踏み出せないいんじゃないだろうか。

先生というオトナを一個人として見たのはそれが初めてだったのかもしれない。こんな先生がいる場所にならば、一緒にいてみたいな、と、ふと思った。

◆

マネージャーの先輩だったのは、海老沼美由紀先輩と末広桜子先輩。いろいろな意味で好対照の二人だった。それになんだか朱里ちゃんをクッションにしてたみたいだったけど、毎日笑顔を交わせるようになった。

いっつもオーバーアクションで声も大きいし、存在感ありまくりの海老沼先輩と、常に冷静沈着な末広先輩だった。

実際、ラグビーなんてまったく分からなかったけど、真剣にボールを追っている先輩たちを見ていると、こんな世界があったんだな、って思った。スポーツなんて、泥臭くて汗臭くて、異次元のものだったのに、選手の躍動に熱烈な声援、というよりも、自分の興奮に身を任せているえび先輩、最初はちょっとうっとうしく感じたこともあったけど、そんな感情の迸りは、やっぱり素直さの表現なんだなって、分かった。

その分、練習でも試合でも、いつもきりっとした目で活動を見守ってる、先の先を考えてユーコ先生をサポートしてるサクラコ先輩ってスゴいって、感じてたな。サクラコ先輩って、どんなときでも表情が揺るがない。その辺は、焦ってるときとか不安になってるときとか、すぐ態度に出ちゃうユーコ先生とは好対照で、なんだか笑っちゃった。

もちろん、ラグビー部なんて、男子の塊だ。男の子と身近に接するなんて、想像さえしたことなかったけど、粗雑で乱暴で、ヤなイメージしかなかったのに、大磯東のラグビー部のメンバーは、ビクついてるのってこっちが思うほど。それはね、でも彼らが示す信じられないほどの食欲とか、あんなにハードに身体を動かしているのに、少しずつ大きくなってゆく胸板とか肩幅とか。いつの間にか近しくなって、榎先輩と宮島くんと、ティームのシンボルマーク考えたときも楽しかったな。榎先輩って、すっごい細かなことにもこだわる人で、こだわることが多過ぎて結局ぐちゃぐちゃになっちゃう人でもあった。逆に、宮島くんは、いつでもどこか遠いところを見ている気がした。単なる電車オタクだと思ってたんだけど。

自分だけじゃないんだな、って。

まだ自分が何者かも分からないくせに、自分の周りにいるヒトを表面で勝手に色分けしたりしてたんじゃ、見えるものも見えなくなるのかも。それはラグビー部の空気が教えてくれたこと。単純なことの中に、大切なことは埋まってる。でもその単純さの奥底に、多分自分でも分からない何かが息づいてるんだ。見つけるかどうかは自分次第なんだろう。例えば、キャプテンの足立先輩の、単純な言動に毎日接してると、先輩は透き通った眼差しの向こうにその大切なことを見通してるような気になってくるのが不思議だった。

朱里はね、マネージャーとして優秀だったと思う。テーピングだとか怪我の初期対応とか、すっごい勉強してた。でもね、あの子は結局エゴイストなんだ。自分がやりたいことをやりたいだけ。結果としてそれがヒトの役に立つんならそれでいいじゃん、って。したたかだよね。

だんだん分かってきたんだ。毎日毎日グラウンドで一緒に過ごしてて、情緒的で活動的なえび先輩って、意外とリアリストなのかもなって。だって、高揚と落ち込みの表現の振幅は大きいけど、その都度きちんと現実を受け止めてる。すぐに涙こぼすけど、立ち直るのも早い。年中ユーコ先生を心配させてるけど、グラついてるのはユーコ先生の方だったりする。クールなサクラコ先輩の方が、捕まえにくかった。だって、律儀な実務の仕事人っていう姿勢を崩さないんだもん。

その正体が分かったのは、足立先輩たちの引退試合の後だった。横須賀東高校に、わずかワントライ差で負けた日の夕方、誰もいない部室で、サクラコ先輩はたった一人居残って、ずっと静かに泣いていた。座るとぎしぎし音を立てる古ぼけたベンチで。

とびっきりのロマンチストだったんだって、サクラコ先輩の本当の姿を見ちゃった、と思った。

あんなふうに泣けたら。

それはね、つややかな長い髪はくしゃくしゃだったし、薄汚れた部室の天井を見上げる眼差しは、焦点が定まってなかった。その見開いた瞳から、無限に涙があふれてた。でも、これまで見たどんな人の表情より、綺麗に見えた。ドアのガラス越しにその情景を見るために、大磯東に来たのかもなって、思ったほどだったんだ。

自分の中の何かを解き放つ、そんなときがあってもいいんだなって、なんでかな、幼い頃の自分に言ってみたくなった。だって、棄てられたっていったって、でもいつか自分の方が何かを棄てるときが来るんだろうって。棄てない何かと棄て去らなければならない何かを選ばなくちゃならないんだって。サクラコ先輩の横顔の、少しとがって見えるあごの先が言ってたんだよ。ありすちゃん、きみは、何を棄てて何を選ぶの？　って。

逃げることや拒否することじゃ、何にも生まれないんだよね。前に進むんだ。そう、馬鹿みたいに、でも一途に思ってるラグビー部の気持ちは、いつしか私にもしみ込んでたんだって、そう思うんだ。

◆

こうやって菜箸で挟んだときに、じーんとした感触が伝わってくるでしょ？　それ、火が通ったしるし。揚げ過ぎると硬くなって食感が悪くなっちゃうから、そこはデリケートにね。

私も小柄な方だけれど、バルさんの線の細さってどうなんだろう。無造作に切りそろえた感じの前髪と、それ以外の髪をざっくりと、それこそ飾りもないゴムで後ろにまとめただけ。幼ささえ感じさせる声音と、たおやかな細い指。

でも、笑顔になると優しさを湛えて弧を描く眼の、確かな存在感に心を寄せる。ユーコ先生の一生懸命さ、私を理解し、受け入れてくれようと必死になってくれる思いには感謝している。それを、ウザいと言っているクラスメートもいたけど。でも、真摯に寄り添ってくれようとするオトナに、高校生になって初めて出会った。

そのユーコ先生のお友だちであるバルさんは、私と一緒にキッチンにいながら、堂々としてオトナでもある。バルさん、と呼ぶと怒るのだけれど。

それじゃ、殺虫剤みたいじゃない。

それはそうなんだけど、自分より十歳も年上のヒトを、じゃあどう呼べばいいのかな？

そんな他愛もない悩みしかない関係って、すごく心地いいものだと、思うのだ。脱力するような可愛いげのないウサギのアップリケがついた水色のエプロン。そのくせ、使いこんだ大きな北京鍋を当たり前のように振り回す、その後ろ姿。

ありすちゃん。鶏肉の下処理が終わったら、次はピーマンと筍だからね。下味付けた牛肉になじむような太さにそろえてね。

バルさんは、笑いながらビーフンの素揚げを作る。

料理の下敷きにしてね、ソースを吸ってしなしなになったビーフンが美味しいの。あっという間にカサが減っちゃうから、いっぱい作っとかなくちゃ。

でもテーブルでは、バルさんは自らが作った料理を、ほんの味見程度しか口にしない。彼女の好物は、むしろバルさんの作った料理を味わったヒトの笑顔なのだろう。そんなことが、少しずつ理解できてきた。

バルさんの手元で、鮮やかな黄金色を見せる生姜が刻まれていく。紙のような薄さに切られた生姜が、今度はスピーディな庖丁のリズムの中で針生姜になっていく。それは本当に、針のように細い。水で戻された干しシイタケと昆布の出汁に日本酒とお醬油でシンプルな味付けをして、わざと大ぶりに切った豆腐を温める。

書かれたレシピも何もない。全てはバルさんの頭の中で段取りが組み立てられ、食卓に最適のタイミングで運ぶように作業は進んでいく。

いや、それは作業ではないのだろう。創造、と言ってもいいのかもしれない。

電気釜のサインが鳴った。このメニューには白いご飯がいいよね。キッチンに立ったときにバルさんはそう言った。メニューの構成など分からずに、言われるままにお米を研いだのだけれど。

お米はユキヒカリという銘柄。どんな土地でどんな農家さんが作ったお米なのか、私は知らない。でも、そんなことを知らないと思うことさえ、バルさんと知り合うまでなかった。そう、自然に農家さんって思う。そこに汗をかく人がいるということに、いつしか気づかされていた。

ユーコ先生のパートナーの基さんが庭で育ててる胡瓜とミョウガ、それをざっくり刻んで、セロリの薄切りと一緒に塩昆布で和える。バルさんは手抜き浅漬けだって微笑むけど、優しく優しくって思いながら、それでもしなやかになった素材をぎゅっと揉みこんだ指の隙間から、穏やかな緑色があふれる。なんて清らかな香りなんだろう。夏の太陽が微笑んでるみたいな香りだ。

テーブルに並んだのは、牛肉とピーマンの細切り炒め、鶏の唐揚げを甘みのあるトマトソースで煎りつけた一品、それぞれが、ビーフンの素揚げの上で湯気を上げる。箸休めの浅漬け。生姜の風味の利いた豆腐とシイタケの吸い物。吸い物は微妙に片栗粉でトロ味がついている。盛りつけたご飯の艶やかさ。テーブルについた基さんの笑顔は無邪気そのものだ。

料理をワンバウンドさせるたびに、料理のソースで少しずつ白いご飯の純潔が失われながら、心地よいリズムで基さんの口の中に吸い込まれてゆく。

基さんの健全さって周りにいる人間を安心させる。健康で正直で、でも、弱者に向ける共感とともに差別者を告発する鋭い感性を持っていることも、基さんが書いた文章から読み取ったことがある。

じっとその手元を見ていたら、基さんはあははって笑いだした。

ありすちゃん。オレは見世物じゃないぜ。

ユーコ先生は、結構したたかな笑顔で切り返す。

モトくんはさ、こうして美女三人と美味に囲まれた夏の昼食のテーブルにいる幸せを、もっと謙虚に受け止めなさいよ。そのビール、もう三本目でしょ。

今日はオフなんだから、昼ビールだって許されるだろ。それにさ、自分で美女って、平気で言う?

あー、もう。そうやってアルまみれのおじさんが出来上がっていくんだわ。

そんなやり取りを微笑みながら見守り、吸い物の中の細切りにしたシイタケを口に運ぶバルさん。この不思議な三人のオトナの中に紛れ込んでいる高校生の自分に、私は奇妙な安らぎを抱いてしまう。

庭の、ままごとめいた小さな畑では、基さんが育てた夏野菜が生ぬるい風に揺れている。

少し陰ってきた陽光が乱反射して、ライムグリーンのイメージが、時折部屋の中に兆す。遠い昔にイギリスで描かれた、自分と同じ名前の少女の物語。でも、その物語の中の笑いだけを残して消えてゆく猫とは違って、今、私の周りにあるこの微笑みは、きっと消えることなく柔らかに、このままあって欲しい。

高校二年生になってから、ユーコ先生は担任じゃなくなった。でも、マネージャーを務めるラグビー部の顧問ではある。基さんはそのコーチでもある。だから、その二人の持っている熱も、よく知っている。

もう高校三年生の夏が終わる。

こんな人たちがいるんだ、というのは高校生になった自分の発見だったのだろう。それは高校生になった自分だから分かったことなのかもしれない。そして、バルさんの笑顔。バルさんは、自分以外の人の幸せしか考えていないんじゃないいんだろうか。フォトグラファーという職業の実態は全く分からないけれど、バルさんの作品は、誰かの不幸を決して描かない。問題意識を喚起しない無難な作品、というわけじゃないのに。

分からない。でも分かりたい。

高校生になってからずっと、そんなことを思っていた。何かの、真実の断片でも得られるかも、と、一生懸命授業も聞いたし本も読んだ。ラグビー部の仲間と、グラウンドの砂ぼこりにもまみれたし浜の潮風も吸いこんだ。でもなぜなんだろう。そこに真実なんてない、とも思える。スマホの画面に現れる情報のウソくささにうんざりして、電源切ったたまま何週間か放置したこともあったな。

基さんとバルさんが、何気ない毎日の中に横たわってる暮らしの問題の話をしてる側にいたこともある。

ウチだって一人親家庭だけど、一人親家庭の深刻な貧困の問題もあるんだと、それだけじゃなくて、両親がそろってたっていろんな理由で、ギリギリの生活してる人たちがいるんだって。自分がそうじゃなくてよかった、母の努力に感謝って。でもそうじゃない。自分のことだけじゃなくて、積み重ねられてる今の世の中への疑問を、私なりに問わなくちゃって、そう、思った。

朝ご飯も食べることができなくてうつむいてる小学生に向けて、私は何ができるだろう。あまりの自分の無力さに、思わず奥歯を噛みしめてしまったんだ。

でもね、基さんは言う。美味しいご飯を食べられる幸せを知っていないと、同じ幸せをみんなに、って思えないんじゃない？　って。お腹の中の何かは、それで納得してるんだ。そうだよね、って。自分が追い詰められちゃってたら、誰にも優しくできないんじゃないかな、とも。

三年生秋の、ラグビー部の最後の大会を前に、心ひそかにではあるけれど、哲学科に進むことを決めた。なぜ？　という問いに、何かを答えてくれそうな気がするから。でもきっと何も答えなんかないよね。それは分かってる。でも、なぜって問い続けることが許される場所に行きたいと、思った。目標にするのはユーコ先生が卒業した大学だ。

そしてそれでも、分からないことだらけだ。

基さんが、時にシビアな問題を記事にしたり、目を血走らせてグラウンドを走っていながら、いつも笑っていられるのは、なぜ。

バルさんのカメラのディスプレイに映し出される人々が、全てを受け容れているような笑顔になっているのは、なぜ。

相変わらず、自信なさそうに目を泳がせているのに、ユーコ先生が「にんげん」という言葉を口にするときにいきなり凛とするのは、なぜ。

カルピスウォーターの、甘酸っぱい美味しさの向こう側に、涙の味を感じてしまうのは、なぜ。

分からない。でも分かりたいのよ。

バルさんに、料理を教えてください、って頼んだのは、なぜなんだっけ。

ありすちゃん。ぼけっとしてるとみんなオレが食っちゃうぞ。

基さんの唇の右横に、真っ白なご飯粒が一つ、ついている。なぜだろう、不安もなんにもないのに、不意に涙が湧いてくる。

泣いちゃったら、ユーコ先生を困らせちゃうかな。

虹の島へ　宮島大の場合

先生。

そう言って傍に行くと、必ずユーコ先生は柔らかく微笑む。

ん？　どしたの？

その言葉の、語尾が微妙に持ち上がる声の響きが、ぼくは好きだ。相手を心から安心させてくれる声だと思う。

きっと、ユーコ先生は誰かを不信の目で見ることなどないのだろう。目の前の生徒と、多分、自分の未来を信じている。ならば、ぼくも、自分の未来を信じてみよう。

その身体の温かさを、お父さんからもお母さんからも、もう受け取ることはできない。

でも、そのかわりに、ぼくが、誰かにぬくもりを与えられる存在になればいいんだ。

そういう自分を作るために、ぼくは毎日を歩むんだ。

◆

ぼくの誇りは、お父さんだった。

うなりをあげるモーター音とともに、急な勾配を登ってゆく登山鉄道。その後ろ姿を指さしながら見送る、凛々しい制服姿のお父さん。

ぼくもいつか、鉄道員になってたくさんのお客さんのいる駅で働くんだ。

お父さんの働く登山鉄道には、日本一がいっぱいある。だから、お父さんの鉄道は日本一の鉄道なんだ。無骨で四角ばった車両も、微笑んでいるような新型の車両もある。ぼくの目には、その日その日の電車の表情や機嫌が見えた。電車はただの機械じゃない。人間以上に豊かな表情を見せる、大きな生き物だ。そして律儀に、毎日働く。

湯本の駅を出てすぐの急勾配を、うんと踏ん張って登ってゆく。出山の鉄橋を渡るときは、晴れがましく見える。スイッチバックして大平台に着く頃には、ちょっとため息をつくようだ。それでも、坂道を登る力強さは衰えない。

オモチャ箱に入っていたのは、プラレールばっかりだった。家のリビングのスペースをびっしり埋めて、毎日青いレールを敷きつめた。

近所に住んでいるおばあちゃんがおじいちゃんのお墓参りに行くのに付き合うと、必ず帰りにデパートに寄ってお昼をご馳走してもらった。頼むのは決まってオムライスとソフトクリーム。その後でオモチャ売場に回って、いくつもの青いレールを買ってもらう。部屋の中の本とか箱とかを総動員して、青いレールで急勾配の線路を作り、電池で走る車両を走らせる。けれども、ぼくが要求する勾配を登り切れる車両はない。その勾配を下らせれば、車両はあっけなく脱線してしまう。スイッチバックにも、プラレールは対応できない。

やっぱり、お父さんの鉄道が一番なんだ。

かえって、要求する条件を満たせないプラレールに対して、満足感さえ抱いた。最急勾配は八十パーミルなんだよ。それを登ってゆく電車の力強さに、憧れを抱き続けた。だから、あえて登山鉄道のモハ1型二両編成のプラレール車両を、組み上げた急勾配に載せることはしなかったんだ。

お父さんと旅に出てみるか？　お父さんがそう言ってくれたのは、小学校六年生の夏休み前だった。

どこに行くの？　強羅？　仙石原？　芦ノ湖？

いや、沖縄。

発想が地元から離れられないぼくに、お父さんは柔らかな苦笑いをもらした。飛行機で行くんだぞ。

◆

窓の下を見てみなよ。

緑の島影と、それを取り巻く鮮やかな海の色彩。こんな色が本当にあるんだと、そう思った。

飛行機が高度を下げたせいだろうか、耳の奥がつんとした。左手に色濃い緑の大きな島の森が見えた。飛行機は、その島に向かって、寄り添うように進んでゆく。那覇の空港の空気は、異郷に来たのだと告げていた。その空港の中で、初めて沖縄そばを食べた。お父さんは大喜びでそばをすするぼくを見つめていたっけ。

お父さん、どんな電車に乗るの？

お父さんは笑った。沖縄には電車がないんだ。

もちろん、首里までのゆいレールは開業していたのだけれど、お父さんはその後の便を考えてレンタカーを予約していた。

それからの、きらめくような四日間を忘れることは絶対にないだろう。

お母さんは、ぼくが生まれるのと入れ替わるように亡くなってしまった。だから、お母さんのぬくもりを知らない。でも、制服姿のお父さんの、凛々しい後ろ姿を頼りに、そして誇りに思って暮らしてきた。不器用で誠実な、おばあちゃんの微笑みも、ぼくを助けてくれた。だから、いろいろな憧れを胸に抱くことができたんだ。

昔の、沖縄での悲惨な戦争を、そのときのぼくは理解することができたのだろうか。でも、石に刻まれた、亡くなった人の年齢、その一桁の年齢に背筋が伸びたのは覚えている。何も分からないうちに戦争の犠牲になった子どもたちって、その思いをどう受け止めていいのかは、今も分からない。でも、そのときのぼくは、死者を悼む場所で、素直に花をささげ、手を合わせることはできた。

那覇のお店では、夕食にマグロのお刺身を食べた。赤くつやつやと光っていたお刺身は、初めて味わうような甘みを伴っていたのだけれど、お父さんはそれをぼくに譲って箸を伸ばさなかった。なぜ、ビールも飲まないんだろう。目を輝かせて食欲を示すぼくを見つめる、その下がった眼尻が奇妙に寂しげに見えるのはなぜなんだろうって、少しだけ感じたんだ。

おばあちゃんに、南の島の味を届けような。

お父さんはそう言って、海沿いの道の駅にクルマを停めた。

沖縄での二日目は、ずっとエメラルドグリーンをたたえた海と一緒だった。古風な、それでいて優しげなカーブを描く石垣のお城。赤い瓦と漆喰の屋根に、ユーモラスな表情で佇むシーサー。どこかから聞こえてくるサンシンの音色。

そうして夕方を迎え、お父さんは駐車場の横で店じまいを始めていたおばさんに声をかけた。まだ、いいですか？

おばさんはしわしわの笑顔になって、お父さんにマンゴーを勧めた。ちょうど水平線の向こうに沈んでゆく、今日を照らしていたお陽さまのような赤い果実だった。頬を寄せたら、夢みたいな甘い香りがする。おばあちゃんが、きっと嬉しそうに皮をむいてくれるだろう。

いつ、帰るんですか？　マンゴー屋さんのおばさんが尋ねた。まだ来たばっかりなのに、と思った。帰ることなんか、まだ考えたくないよ。

お父さんは、帰る予定の日付を答えながら、おばあちゃんの家の住所を用紙に書きこんでいた。昨日始まったばかりの沖縄旅を終わらせようとするようなおばさんの言葉に小さく不満を持って、路上のお店の周囲を歩いていたのだけれど、重ねられた段ボールの束に足を取られて転んでしまった。なぜかな、駐車場とかシャッターとかが不自然な位置で回転する映像が、今も記憶にある。もっとも、段ボールの上に転んだので痛くもなんともなかったのだけれど、はずみで声が出た。

あがっ！

おばさんが目をまん丸にする。

この子は、ウチナーの子かねぇ？

お父さんは微笑みながら、うちなんちゅやあらん、やまとんちゅやしぇー、って言ったんだ。なんだかでたらめっぽい沖縄の言葉。

でも今、あがって言ったさ。なんでかねぇ。

満面の笑みのおばさんに、お父さんは言う、だからよ、って。

お父さんもうちなんちゅみたいだねぇ。

そんなふうに言葉を交わして、笑いあって、マンゴー屋さんのおばさんとは別れた。

売店で、お父さんは沖縄限定のミニカーを買ってくれた。登山鉄道の駅前に、沖縄県警察って書かれたパトカーが停まってたら変だよね。でも、プラレールのレイアウトの横に、このミニカーを置いてみよう。

お父さんは、何枚かのCDを包んでもらっていた。

泊まった民宿のお兄さんが、夕食後に声をかけてくれた。

ホタル、見に行きますか？

大量の夕食に悪戦苦闘していた頃、激しい雨の音がしていたのに。でも、駐車場に出てみると夜空には星が出ていた。

お兄さんのいかついクルマは、左手に真っ暗な海を、右手に真っ暗な森を見ながら走った。ヘッドライトが照らす範囲にしか視界が広がらない中で、助手席に座ったぼくは、少しずつ不安になって行った。対向車もまったく来ない。お兄さんが右にハンドルを切ったのは、不意打ちのようなタイミングだった。

深い森とダートの道を分け入って、小さな川の流れの傍でクルマは停まった。ぼくはあわててシートベルトを外そうとしたんだけど、柔らかな声音でお兄さんは言ったのだ。

ちょっと待ってね。ハブいないのを確かめてからだよ。

一旦消灯したクルマのヘッドライトをパッシングさせる。ボンネットに寄りかかって頭上を見た。光に反応したんだろうか。覆いかぶさるような森の闇に、白い小さな光源がいくつもいくつも瞬き出す。それぞれが、たゆたうように流れる。幻想的な光の舞いに、目がくらみそうだった。

でも、ゆっくりとした光の流れの中に、動かない輝きも見える。ようやく闇に慣れてきた目が、夜空と森の境目を見分けた。

星。星が見えるよ。

じゃあ、星空も見に行こうか。

もう一度クルマに戻ってヘッドライトが点灯されると、光の輪の中に清らかな水の流れが見えた。そのほとりから、淡いグレーの小石がいきなり水に向かってジャンプする。

あれはね、カエルだよ。ナミエガエルっていう、天然記念物。

それから、林道のピークに行って夜空を見上げた。雨に洗われたせいなのか、地上にまったく灯りがないせいなのか、夜空の半分が星だった。ぼくは理科少年でもあったから、星座の名前もたくさん知っていた。でも、その星の連なりを見分けられない。どうしていいか分からなくて、ぼんやりと明るい星空を見上げていた。

その視野の端を、流れ星が走る。

ダイが今見てきた森がやんばるの森、飛行機から見えた森だよ。今日は森と出会えたね。

明日は、海と出会う日だよ。

民宿で待っていたお父さんは、そう言って微笑んだんだ。

時というのは不思議だ。雲の上を飛んでいた二時間余りはあんなに退屈だったのに、と、夜を迎えて、潮騒に揺られているような気分に浸りながら、思っていた。時は、太平洋に面した沖縄の浜辺であっという間に流れて行った。

◆

朝、崖の上で真正面の太平洋と向き合った。青い碧い海の広がりの向こうから、潮の香りの夏の風が吹きつけてきた。

つづれ折りの急な坂を下って浜辺に下りてから、珊瑚礁に囲まれた波静かな海で、お父さんと過ごした。アダンの木陰の小屋で憩いながら、ヒト自身の営みで一日を組み立てて行くという企画に参加したのだ。他の人たちもいるかも、とお父さんは言っていたけれど、この日の参加者はたまたまぼくとお父さんだけだった。

シュノーケルをつけて海に浮かぶのも、釣りをするのも自由。少し沖合に船を浮かべて漁をしているおじいさんが、浜に船を漕ぎ寄せてきて大きなイカを一パイくれた。ぼくは、生きて動いているイカを初めて見た。砂浜には、たくさんの海ガメの卵があった。やがてここから旅立ってゆく子ガメたちが生まれるんだ。

インストラクターのお兄さんが、豆腐を作る、その豆を石臼で挽く作業はぼくも頑張った。にがりは浜から汲み上げてきた海水。これも薄暗くなった浜に出て、ぼくが運んだ。積み上げられた薪でお風呂もわかした。お風呂から上がったら、一緒に薪の煙にいぶされていたインストラクターのお姉さんが手招きする。一緒に浜に出てみたら、天空に巨大なSの字が見えた。こんなに大きくさそり座を見たのは初めてだった。

何時だから何をする、ということが一切ない一日の果て、あらゆるわずらわしいことから解放されて眠ったのだ。

そして、珊瑚礁の向こうから朝はやってくる。小さな光の兆しで、目が覚めた。潮騒に促されるように、砂浜に出てみたら、そこにはお父さんの背中があった。

ダイ、お早う。見てごらん、サザエが歩いてるぞ。

あわてたような進み方で、砂浜を大きなサザエが歩いている。一瞬訳が分からなかったけれど、オカヤドカリだと、お父さんが教えてくれた。そこにぼくがやってくることを、お父さんは分かっていたのかもしれない、と、後になって思う。自然に、お父さんの隣に腰を下ろして沖合を見やった。

いいかい、ダイ。お父さんはもうすぐいなくなる。きみにはお母さんの温かさも教えてあげられなかったな。死んでしまうということが、分かるかい？　ダイの命と引き換えに、お母さんは旅立った。でも、ダイがいてくれたから、お父さんは楽しかったよ。ダイがお父さんの登山鉄道を大好きでいてくれたこと、嬉しかった。それで、お父さんも、病気にかかっていることが分かった。がん、という病気だ。少し調子が悪くても、強がっちゃったんだな。気がついたら、病気が進んでて、もうそんなに、長くもたないんだ。だから、ダイと二人で一緒にいられる旅に出たんだよ。ごめんな。オトナになったダイに、お父さんは会えないだろう。

強くなってゆく朝日に、天空のオリオン座は薄らいでいった。二人で黙ったまま海を見つめていた。饒舌だったのは、軽やかな波の音だけだった。

空港に向かうレンタカーは、一度ものすごい雨に打たれた。でも、沖縄の豪雨は、時にあっけなく上がる。飛行機に乗るまでずっと無言だったお父さんは、一度だけ声を発した。雨の後、急速に晴れ行く国道の上に、小さな虹がかかったんだ。

ごらん、ダイ、虹だよ。

◆

それでもお父さんは、病院のベッドの上で頑張った。毎日、中学の帰りに病院に寄って、頃合いを見ておばあちゃんの家に帰る。そんなルーティンにもいつしか慣れた。

中学三年の秋、進学先の高校を選ぶために、いくつかの高校の説明会に出席したのだけれど、その頃、心に兆していたのは、今までの自分にはなかったことに挑みたいという衝動だった。

お父さんの登山鉄道の電車のように、自分の足でうんと踏ん張って、高みに登ってゆく。お父さんとの別離への覚悟のようなものとは違う、お腹の底の方からの思い。

おばあちゃんの家で過ごしている日曜日、たまたまついていたテレビで、大学ラグビーの試合を見た。まったく知らないスポーツだったけれど、ぼんやり見ているうちに、いつしか身を乗り出していたんだ。屈強な選手たちは、ためらいも見せずに身体をぶつけあう。まなじりを決して、選手たちは向かい合う。洗面所で向かい合うぼくの穏やかな顔とは似ても似つかない表情。

こんな世界があるんだって、そう思った。

そして、翌週、学校説明会に出席した大磯東高校のグラウンドでは、楕円のボールを胸に、先輩たちが走っていた。顧問の先生を訪ねたら、まだ若くて綺麗な女性の先生だった。

やる気さえあれば、スポーツの経験なんてなくても大丈夫。一緒にやろうよ。

和泉佑子先生は、そう言ってくれた。

そしてその日、病室にお父さんはいなかった。

言葉を発することのなくなってしまったお父さんの枕元で、おばあちゃんは背中を丸めていた。ずいぶん、小さくなっちゃってた。

気丈でなければ、と必死になっているおばあちゃんを、もう理解できるように、ぼくはなっていた。きょとんとした眼差しで、オトナの表情を見上げるコドモでは、もうない。少しずつでも、たった二人になってしまったおばあちゃんとの生活を支えることができるようにならなければ。葬儀だけじゃなく、高校入試も迫っていた。

お父さんの遺品の中から、封も切らないままのＣＤが出てきた。あの日、お父さんが夕陽の迫る道の駅で買ったＣＤだった。

てん、とサンシンの音色が響く。

英語のリスニングをさらうための小さなＣＤプレーヤにイヤホンを挿して、そのＣＤに耳を傾けてみた。お父さんを納めた小さな壺を前に、ぼく自身は奇妙に穏やかな気持ちだった気がする。お葬式の日の、夜遅くのことだ。イヤホンからこぼれてくる唄は、凛としていながら柔らかいけれど、沖縄の言葉の意味は、ぜんぜん分からない。

分からなくても胸に響くものがあることは、ぼくの気持ちの、通り一遍の悲しみの奥にある大きな広がりを教えてくれた気がした。

てん、てん。ててん。

サンシンの音色が胸の内を満たしてゆく。ざわざわと海風に揺らぐアダンの梢と、どっしりと根をおろしたガジュマルの幹。微笑むような道端のハイビスカス。お父さんが最後に沖縄の旅を選んでくれた意味が、なんだか広がってゆく。海を渡って来ては頬を撫でて行く風。

あの虹の島への旅。さざ波の音。

ふと、幼な子の声が聞こえる。その声にかぶさるように、無伴奏の唄声が。

あ、お母さん。

遠雷　小野晴海の場合

いじめ、だったんだろうな。

なぜあの子たちは私を無視したり蹴ったりしたんだろう。

確かに、それが嫌さに知らんぷりをしたし、仲良くしたりするつもりもなかった。お父さんがいないのって、そんなに罪なのかな。私のせいじゃないのに。

ママの背中にくっついて、蒸し暑い日の夕陽を見ていた。まだ小学校に入る前のことだ。住んでいた横浜南部の町の、大きなマンションが建ち並ぶ、タイル張りの歩道。デザインされた、その分冷たい印象しかない町。

地響きにも、天空を揺るがすような響きにも記憶されているのだけれど、西の空の、茜色の中の大きな太陽の円盤とともに、喪失の記憶が、そこにある。

他愛もないことなのかも、と思える。父の死とともに、ママは父のクルマを押しつぶしたトレーラーの会社からの補償金で、藤沢市内に家を購入した。出勤しているはずの日に、静岡県内の高速道路で誰かも分からない女性と一緒に事故に遭った父。そんな事実は、口さがない親戚の会話でいつしか知った。ママが、父と過ごした町を捨てて湘南に引っ越したのは、大人になってみれば、不倫の果てに事故死した父への復仇のための行いなのかもな、と思える。でも、子どもだった自分にとっては、辛い生活の始まりだったのだ。

大好き、って思える人がいないって、どんなに辛いことなのか、それさえ分からなかった。

高校を選ぶとき、湘南地区の学校を避けたのは、やっぱり自分の安全を求めたからだったんだ。地区の学校に行けば、どこを選んでも中学で悪意の視線をぶつけてきた子がいる。だから、横浜南部の、望洋高校を選んだ。自分の名前の、海という文字が好きだったからだ。父が、自分の辛い生活を作ってしまった父だったけれど、この名前を与えてくれたことには感謝している。

はるちゃんという呼び名を嫌がったのはなぜなんだったっけ。だからバルって、濁って呼んでもらうようにしたのだ。幼い頃の、まだ無邪気な自分。その呼び名で呼んでくれる同級生に会ったのは久しぶりだった。望洋高校の無機質な教室だったけど、奇妙になれなれしい笑顔の、小柴沙織さん。真新しい制服の、まだ慣れない匂いにどぎまぎしていた春だった。誘われて、学校の中庭で一緒にランチをとった。おそらくは彼女のママの手作りの、可愛らしいサオリのお弁当。そして、自分の手作りの、その分味気ないお弁当。なぜなんだろう。小さな震えが止まらなかった。そう、すぐにサオリってそのまんま呼ぶようになった。

何事にも率直でウラのないサオリ。バルの前の席の緒方くんが好きなのよ。あっけらかんとサオリは言った。そして毎日毎日、サオリは話しかけてくれた。動きたくてしょうがない彼女は、ソフトボール部に入った。私は自信がなくて一緒に行動することはできなかったんだけど。

でも、覚えている。忘れることなんて、あり得ない。あの日々。

いつもきっちりしたポニーテールでいた香奈絵ちゃん。ブラスバンドでトランペット吹いてたな。高音が出せなくて悔し涙を見せてた彼女。気が強くて目立ちたがりのように見えて、その実けっこうビビリで、いろんなことを怖がってた。文化祭のクラスの出し物で、香奈絵ちゃんは『走れメロス』の王様役をやった。メロス役は走る姿が一番サマになるからと陸上部で頑張ってた緒方くんになったんだけれど、あれこれとクラスメートへの注文をつけながら、香奈絵ちゃん、本番寸前には傍目にも痛々しいほど震えてたよね。

クマのキャラクターのハンドタオルを離さなかった智恵ちゃん。クラリネットが好きで、なぜか、いっつも気弱な笑顔だった。でも、智恵ちゃんは文化祭のとき、ひと夏かけて発泡スチロールで巨大な波を表現した入場門を作ったんだ。それを設計した先輩たちと一緒に並んだ、はにかんだ笑顔を、ファインダー越しに見た。

あの一年生のときの文化祭のさ中、写真を撮ったりしながら学校新聞の記事を作った。拙い文章しか書けなかったけど、少しずつ少しずつ自分を作り上げていける、そんな感じもしていたんだ。いいじゃないか、って、新聞委員会の顧問の神山先生は、社会科準備室で記事や写真を手にしながら微笑んでくれた。

バンドを組んで大活躍していた同じクラスの三浦くん。大柄で茶パツで、言葉つきも乱暴で怖かったけど、ライヴが終わったときの満足そうな笑顔は、彼の純真な心そのものだった。

その三浦くんが目の前で、全身で怒りを表したことがあった。あの先生は数学の石出先生だった。三浦くんのバンド仲間の小テストの点数を大きな声で読み上げながら、石出先生は荒い鼻息とともに馬鹿にしたのだ。真っ赤になった三浦くんの眼の燃えるような怒り。どんな言葉のやり取りがあったかはもう記憶にない。でも、サオリと一緒に目の前に表された暴力の予感に手を取り合って怯えるしかなかった。

ちょうど隣の教室にいた垣内先生が飛び込んできていなかったら、三浦くんは石出先生に暴力をふるっていたかもしれない。で、あれば、彼の姿は校内暴力、対教師暴力という名の下に教室から消えていたのかもしれない。でも、垣内先生やヒロ先生が職員会議で、頑張ってくれたらしい。言葉のもつ暴力というものに気づかされたのもあの教室でのことだったと、今は思う。

目尻を下げてあははと笑う垣内先生や、誠実な表情で歴史を語る背の高いヒロ先生、好きだったな。

ヒロ先生と話したくて、何度も一生懸命質問を考えた。いい成績取りたいとか、歴史のことを知りたいとか、実はそんなことじゃなかった。授業後の廊下で向き合う短い時間が欲しかっただけなんだ。教材の資料集に目を落としながら言葉を選んでいる瞬間の、ヒロ先生の伏せた眼が好きだった。

こんなこと、誰にも言えないけど。

バル、つきあって。

サオリがいきなり、放課後の教室で言い出したのは、もう一年生の秋も深まってきた頃だった。それからずっと無言のまま、京浜急行の電車に乗って、海の近くまで行った。サオリとは毎朝、上大岡の駅で待ち合わせて通学していたから、京急線には馴染みがあったけれど、金沢八景という駅には、初めて行ったんだった。

凪いだ、というよりも、波のまったくない小さな湾に沿って、肩を並べて歩いた。サオリは、卒業したソフトボール部の先輩の恋の話を、ひどくせっついた口調でしゃべってた。恋の話なんて、なんだか異次元の話みたいで、頷くことしかできなかったけど。

野島公園という、小さな島の公園の、その山頂に展望台がある。そこにたどり着いたら、サオリはぽんと鞄を放り出して、ちょっとうつむきながら微笑みを見せた。

緒方くんにさ、スキって言っちゃった。カレね、オレもって言ってくれたんだよ。

サオリは女の子の、ホントに女の子らしい喜びの中にいたのだ。

何度でも、何度でも、だーいスキって叫んでみたいの。

背後に見える、八景島の水族館とか、巨大な造船所のクレーンとかが、いきなり歪んだ。それが、自分の瞳に浮かんだ涙のせいだって、なぜだか分からなかった。

なんでバルが泣くのよ。

そう言って、サオリは抱きしめてくれた。そう、抱きしめてくれたのだ。あの一瞬があったから、サオリのことがもっと大切になった。サオリの制服の肩に自分の涙がしみ込んで行く。背中でリズミカルに揺れるサオリの手のひらの感触。

でもね、サオリの世界の中心は緒方くんになっていくんだよね。

そのことが、ものすごく不安だったんだ。また一人ぼっちになっちゃうんだって。

新しく傘、買ったんだよ。しばらく前に、そう言って見せてくれた鮮やかな青い傘。雨の日でもサオリの上に広がる青い空。そうだね、自分にも青い空が必要なのかも。でもそれは、どんな空なんだろう。それを、どんなふうに求めていけばいいんだろう。

後から考えれば、シンプルであっけらかんとしたサオリがうらやましかったんだと思う。憧れを憧れとして、そのまんま胸に抱けること。それを自分の幸福として、素直に表現できること。そんな素敵な女の子に、自分はなれそうにない。だから余計に、サオリがうらやましい。ジェラシー、じゃない。自分を測りかねている、どうしていいのか分からない困惑。

バル、今いいかな。

目尻を下げて緒方くんの傍にいるのが日常になってからも、サオリは折にふれて近くにいた。そう、その右手を、そっと寄せてきた。

恋が成就したようでも、サオリは不安だらけだったんだって、気づいた。

二年生の夏前のこと。梅雨の晴れ間の日曜日だった。夕方、休日出勤しているママにかわって夕食の用意をしようとしていた時間だった。

ケータイの無愛想な振動にあわてて反応したら、サオリのすすり泣きが聞こえてきた。湘南台の駅前で、地下鉄でやってきて必死に日常の表情を繕おうとしているサオリと落ち合った。緒方くんとのデート用の、鮮やかなサーモンピンクのサマーセーター。くっきりしたサオリの、胸のカーブが眩しかった。

その頃、緒方くんは陸上部の顧問の先生との関係に悩んでいたって、後になって知ったんだけど。せっかく一緒に出かけた横浜の町で、サオリはそんな緒方くんの気持ちを汲み取れなくて、デートは空中分解してしまったらしい。そんなときにサオリは助けを求めてきたのだ。サオリは、グラウンドでカレの姿が見られないのはさみしいから、って、陸部やめないでよって言ったらしい。そんな自分の気持ちだけで、緒方くんの悩みを深く考えもしないで。だから自分自身に傷ついて。山下公園から関内の駅まで、早足で歩く緒方くんを追いながら、サオリは一歩ごとに自分を責めていたんだろう。

海が見たいのよ。サオリはそう言って、自分の言葉にいきなり照れた。クサイね、って笑ったけど、笑顔には見えなかった。

小田急の電車に乗って、藤沢で江ノ電に乗り換えた。

もしかしたら、中学の頃に私を標的にしていた子と行き合ったりするかもしれない。湘南台から地下鉄に乗っちゃうっていう通学路で通う学校を選んだのはそれを避けるためだったのに。そんな思いも兆したのだけれど、その日曜の夕方はサオリのことの方が大切だった。

鎌倉高校前駅。ホームの前に線路、目の前の国道のその向こうは、もう海。

病院の看板を背にしたベンチに座って、サオリはスリムなジーンズに包まれた足を長々と伸ばした。足首の所で、その足を交差させる。

その隣に座って、海を見ていた。ゆっくりと、夕焼けの色に染まってゆく空と、天上の紺色。それだけなのに、記憶からは消えない。

言葉は、交わさなかった。ずっと、二人で水平線を見ていた。

鎌倉行きと藤沢行きと、次々に電車はやってくる。駅員さんのいない駅だから、降りるお客さんはぽそりと立っているだけのタッチパネルにカードをかざしてゆく。そんな中で、ずっとベンチに座ってるだけなんて、いいのかな、ってちょっと思った。

夏を迎える直前の休日を楽しく過ごした人々のさざめきと、出発して行く電車がたてる、不思議にあたたかな雑音。

バル、もういいじゃん。無理しないで素直になんなよ。

サオリの横顔が、そう言っていた。

自分は、自分のまんまでもいいんだなって、思った。その瞬間に思い浮かんだのがヒロ先生の笑顔だった。なんでかな。なぜなんだろう。

だってバル、強いから。

サオリは時々そう言った。

そうじゃない。強いわけないじゃんって、でも言えなかった。

ちょっとしたことで泣いちゃうんだよ。緒方くんが陸上部の顧問の先生といよいようまくいかなくなって、サオリまで巻き込んでぎくしゃくしたとき、思いあまって垣内先生に話しに行った。雨の日の体育館だった。昼休みにバスケやってる、シューズのキュキュッていう、ボールのダムダムっていう音が響いていた。その音が、余計に不安を掻き立ててた気がする。

垣内先生の笑顔を見たら、渡り廊下の真ん中で涙があふれた。でも、サオリがって、ようやく言ったんだ。先生は、それで察してくれた。

オレが泣かしたみたいで体裁悪いから泣くなよって。

それから、陸上部を崩しながらラグビー部創部って、やっぱりびっくりしたけど。

あの、不器用で不規則なスパイクの足音は胸に響いた。

グラウンドに降りていく階段で、緒方くんは決意を心に秘めていたんだ。垣内先生にもらった古びたジャージを身につけて。自分と、サオリとの未来を確信したときだったのかもしれない。

強いのは、サオリじゃん。

真っ直ぐで、なんでそんなに、疑いもなく他人を信じられるの？　自分が信じている人が、自分を決して裏切らないって、なんで思えるんだろう。そのときは、そう思ったんだ。でもね、埃っぽいグラウンドで向き合った緒方くんとサオリは、その瞬間に何かを結び合ったんだろうって、今は。

◆

仕事の関係で知り合った基さんの、そのパートナーのユーコさん。高校の先生をしていると知って、へえって、思った。すっごくストレートで、裏表のない人。屈託なくて、こんなに実直でいいんだろうか。サオリとはまた別のタイプだけど、この人を信じちゃうのって、いいかもって。

普通の会話の中で、いきなり専門の歴史学上の疑問を素人の他人に話す？　自信ないのよ、悩んでるんだってその目線が言ってる。正直にもほどがあるよね。でもその輝きを帯びる眼差しは、決して曇らない。だから、こんな人が先生だったら、生徒も幸せだろうなって。

でも、本当に驚いたのは、ヒロ先生のパートナーの恵先生がユーコさんの、お師匠さんみたいな関係だって知ったときのこと。世間って、結構狭いんだね、ってユーコさん笑ってたね。

基さんとの仕事で、何軒も洋食店を巡ったことがある。彼はメモもまったく取らずに景気よく食べて、あははと笑う。早く食いたいからさ、バルちゃん写真撮っちゃってよって急かされて。でもお店を出ると、いきなり厳しい評価も口にする。メモ取らないくせに、編集部にカットされまくるほどの分量の、でも説得力のある文章を書いてくる。その文章も、なんのてらいもなくて正直だ。

でもさ、いつも言うんだ。不必要な駄洒落とかジョークとか入れるから無駄に文章ふくらんじゃうんじゃないの？　って。だって、面白い方がいいじゃん、って基さんは言うんだけど、面白がってるのは本人だけじゃないの？

もちろんそのお店の人には言わないけど、一番手厳しいのは、テクニックにおごってゴテゴテと飾りちらすひと皿。確かに写真的にも飾られ過ぎるとシラけるんだけどね。こんな料理のために死んじゃった生き物に申し訳ないよな、なんて。ぺろりとたいらげておきながら。

だって、動物だって植物だって、みんな生き物じゃん。自分がカッコつけるために生命をおもちゃにしちゃダメだよな。ありがとうって感謝して食べなくちゃ。食べるって、他の生き物を犠牲にすることじゃなくて、命を引き継ぐっていうことなんじゃないかって思うんだよね。

それはそう。納得するんだけど。

じゃあさ、バルちゃんならどんなふうにこの食材を？

苦笑いしてたら、そう言われちゃった。むきになっちゃったんだな。基さんのお宅で、ユーコさんと三人でテーブルを囲む料理を作ったんだ。なんということもない平凡なパスタのひと皿だったけど、二人ともすごく喜んでくれた。バルちゃん星みっつ、って、基さんは小うるさい評論家じゃないでしょ。

別の日には同じテーブルで、ヒロ先生とも再会できた。目を伏せながら微笑む、そんな表情は、目の前にいる誰をも、きっと穏やかにさせる。それはあの頃とまったく変わらなかった。

ヒロ先生のパートナーの恵先生は少しお酒が入ると、江戸時代のお話を延々とする。特に、葛飾北斎の話や山東京伝の話とか、古典落語の話になると眉根にシワができて寄り目になっちゃう。とびっきりの美人なのにね。でも嬉しそうなその表情がとっても可愛くて、好きだ。

多分、その恵先生を喜ばせたくて、ヒロ先生は時々落語のフレーズを口にしてたけど、プロじゃないヒロ先生の落語はお気に召さないらしくて、恵先生はうるさいとか言ってた。ヒロの口調ってカタくって、教員みたいじゃない？

しょうがないと、思うけど。

基さんとヒロ先生はウマが合うようで、なんだかいつも、音楽のこととか芸能のこととか、お酒飲みながらしゃべってる。沖縄とか、旅っていう言葉にもヨワいみたい。

でも知ってる。ヒロ先生はいろいろなことを教えてくれたけど、本当は中央ユーラシア史の研究者だ。シルクロードの、砂漠の果てに消えていく道のことや朽ち果てながら歴史を今に伝える遺跡のこと、授業中に熱っぽく語ってたことがあった。だってさ、古典の授業でもないのに、王維の詩の一編で一時間、中国史の授業したんだよ。クラスの、私の周りの子は、そんなのどうだっていいじゃんって、そんな顔してたけど。夢中になれる学問があるなんて、そんな世界知らなかった。学問なんて、堅苦しいだけのものだとしか思ってなかったし。でもね、西の方陽関をいずれば故人なからん、ってヒロ先生は涙目になって話してくれたんだ。まだ、覚えてる。

お酒飲みながら、マニ教なんて不思議な宗教の話とか草原の遊牧民族のウマの飼い方の話を一時間も聞かされると、ちょっとな、って思うけどね。

あのね、ってヒロ先生はソフトな口調で言ってた。学問でもスポーツでも芸術でも、すごいとかじゃなくても、自慢できるものじゃなくても、大好きっていうものがあるとそれだけですっごく楽しいじゃないか。

それに、ヒロ先生はテナーサックス奏者で、香奈絵ちゃんや智恵ちゃんがヒロ先生の演奏のファンだった。ヒロ先生のジャズって、すごいんだよって。

基さんはドラムスをやるらしい。高校生のとき、ユーコさんが一緒のバンドのフロントに立ってたって、最初はウソでしょって思ったけど。

みんな、身体の奥底から湧き出してくるなにかを持ってるんだね。それが実るとか実らないとか、仕事やお金になるかとか、そんなことは関係ない。自分はここにこうしているんだよって、誰かに伝えられたら、それだけで素敵なことだ。

夏ってね、嫌いな季節だった。
父の死の知らせを聞いたあの夏。西の空の、いつまでも消えない太陽の円盤。揺れ動く母の肩先と、つないだ手の指先に感じた力と。今だって、額に汗を感じる季節になると、いてもたってもいられないような不安にさいなまれることがあるし、夜明け前に目を覚ましてしまうこともある。実際には、父との思い出なんてほとんどない。知っている父の笑顔は、仏壇に置いてある写真だけだ。そしてその写真を見つめる母の視線には、その安らぎを願う柔らかさが、今もない。
母は、分かっていたのだと思う。私の、不安定な気持ちと、学校で繰り返された思い出したくもないこととの連なり。今はもう、よく見ないと分からないけど、私の顔にはその頃の痕跡が、ある。
ユーコさんはさ、バルちゃんのほっぺ、つるんとしてて可愛いよね、って言ってくれるんだけど、気づいているんだと思う。だからそんなこと言うのかもね。それは彼女の、柔らかな優しさなんだろう。だって、赤らんだ吹き出物は、中学のころの日常だったんだし。だからかな、ユーコさんと基さんのお宅で料理人ごっこさせてもらって、そこにヒロ先生と恵先生が合流するのが、いつの間にか恒例行事みたいになっちゃった。これ、間違いなくユーコさんと基さんの心遣いだと思う。

そう、先日はね、相澤先生っていう、横須賀の小学校の先生も一緒になったんだ。背筋の真っ直ぐな、穏やかな視線の女性の先生。きっと、って私には分かる。子どもたちの心の中の、小さな言葉も見て接しようとする先生なんだろう。この先生の教室には笑顔がいっぱいこぼれてるんだろうな。ねぇ、せんせい、って傍に寄ってくる子どもたちと、教室の床にヒザを落として同じ目線の高さで頷きながら話を聞いてくれる先生なんだろうなって。

うふふって、控え目に笑う目元が涼しい。

料理はね、みんな喜んでくれるけど、実はそんなに好きじゃない。好きなのは、喜んでくれる人たちの笑顔なんだ。嬉しい、頑張ってる、楽しい、でもさって言いながら次の何かを探そうとしている、そんな表情の輝きって、何物にもかえられないって思う。だって、ずいぶん長いこと私が失ってたものだもの。

だから、そんな人たちの素敵な表情を記憶にとどめたい。そして、フィクションじゃない映像にして、こんな素敵な人がいるんだよって、誰かに伝えたい。でも、なかなか上手にいかなくて、そんな自分が、いっつももどかしい。ただ、上手に要領よくこなそうとできない自分が、ちょっといとおしい。

だって、みんな微笑みを向けてくれるもの。

バルちゃんって、呼んでくれるもの。

基さんとユーコさんは、一緒のラグビー部で一緒のバンド。合宿のときに、山中湖から見た富士山の近さが忘れられない、って、ユーコさんは言う。笑っちゃうんだけどさって。モトくん、チャリに乗るとヒトのこと置きっぱなしにしてすっ飛んで走るんだ。でも、二人で高みに登って、目の前に富士山を見たんだよ。

誰かと、一緒に。

あの、中学生の頃、悪意をぶつけてきた人たちって、なんだったんだろう。

こんなに素敵な人たちがいるじゃない。好きだなって、思える人たちがいるじゃない。

胸の奥で鳴り響いている重低音は、まだ消えてない。遠雷のとどろきのような、いつでもそれが胸の奥に。

でもそれは、不安なんじゃないし、希望でもない。まだ知らないこと、たくさんあるから、それを知るためにこの響きとともに、自分は毎日を生きていくんだろうなって。

笑ってもいいいんだよ。そう自分自身に言い聞かせながら。

ネイビーブルーのウルフ　石宮圭太の場合

お兄ちゃんは、恐竜が好きだった。定番の、ティラノサウルス＝レックスなんて、家の中に何体もいたんだよ。プラのオモチャだけどね。男どうし二人だけの三歳年下の弟なんて、肉食恐竜になったお兄ちゃんの獲物になっちゃうのはしょうがないよね。小さな頃から、家の中では年中お兄ちゃんに襲われてた。テーブルの下からモササウルスが襲ってきたこともあったよ。もちろん、うおおとか言って噛みついてくるふりしてるだけだけど。でもね、襲われる側にとってみれば面白くもなんともないし。家の中が白亜紀になってたのは、そんなに長い間じゃなかったけどね。

当然のことだけど、お兄ちゃんもぼくもあくまでも人間なので、恐竜の世界はいつしか色あせる。ぼくだっていつまでも狩られる草食恐竜のまんまのわけにもいかないし。でも、なんだか狩る、狩られるっていう関係を考えてたことはあるのかも。それはさ、例えばこいつは生かしておいた方がいいって強者の側から思われてたら生き延びられるよなっていうような。えーと、そういう言い方したら大げさすぎるかな。

いつの間にか、なんだかぼくはそんな、受け身の考え方をするようになってたんだな。

だからさ、こいつ面白いって、周りのみんなに思われてるのがいいよねって、ホント、みんなを楽しませたいっていうようなサービス精神じゃなくて、自分を守るために楽しい自分を演じてた。もちろん、子どもの頃のことだから、そんなに戦略的に考えてたわけじゃないんだけどさ。自分がおどけたりすることでみんなが笑ったりしてくれるのは楽しかったし。でも、つい笑ったりしてくれる、っていう言い方しちゃうあたりがさ、なんだかね。

男二人兄弟の弟って、メリットもデメリットもあるよね。お兄ちゃんは、失敗ばっかりしてた。うん、そういうふうに見えたんだ。クラスメートや担任の先生と衝突したりとか、中学でも先輩とやりあったあげくに部活やめたりとか。でも、もともと能力あったからなんだろうな。お兄ちゃんはちょっと遠距離だけど、横浜のレヴェル高い私立高校に進んだんだ。

ぼくはさ、穏やかで控えめっていうポジションを保ってたから、当然のように地元志向だったわけ。高校受験まで、まったくノートラブルで過ごしたんだよね。親にとっても先生にとっても、ぼくは扱いやすい子どもだったと思うよ。うん、ハイって、言うこと聞くんだから。ぼく自身の心の内とは関係なく。でもね、お兄ちゃんとぼくは違うんだっていう矜持は持ってたんだよね。何がどう違うのかって、それを表現できなかっただけ。だからまぁ、当たり前みたいに地元の大磯東高に入学したんだ。まったく特徴のない地味な新入生として。

◆

お兄ちゃんはまったく興味を示さなかったんだけど、お父さんはオーディオおたくだった。いや、古いロックが好きだったせいでバカでかいスピーカーまでそろえちゃったっていうひとだから。ぼくも古くさいけど何だかかっこいい昔のロックとかさ、受け身のままに聴いてたんだよね。お父さんの書斎でさ、リラックスしたお父さんが週末にロック聴くワケ。お父さんはさ、ギタリストやベーシストのノリじゃなくって、ドラマーのノリで聴いているんだよね。右手の動きがハイハットの鳴りとシンクロしてるんだもん。ぼくはさ、ベースのうなりとバスドラムのインパクトがすごく気持ち良くて、お父さんがロック聴いてると、いっつもその側に寄ってってってたんだ。

分かってるよ。音楽の好みが半世紀古いって。でも、気持ちいいんだもん。だからさ、高校の合格祝いにドラムセット買ってよ、ってお父さんに頼んだんだ。爆発するみたいに大喜びしたんだよ、お父さんは。でもね、同じようにお母さんも爆発したんだ。ただでさえ大音響で古臭いロック聴かされてる迷惑のうえに、またうるさい楽器買ってどうするのよって。

とんでもなく古ぼけた安っぽいドラムセットだったたって分かるんだけどね。高校に入って最初に、軽音楽部の練習場所の視聴覚室でドラムセットを前にしたときは興奮したよね。

リアルなスネアとかタムとか、クラッシュシンバルが照明にきらめいてるとかさ。先輩が基本的なエイトビートの叩き方教えてくれたんだけど、お父さんの書斎でずいぶんエアドラム叩いてたからね、あっという間にビート感出せるようになったんだよ。

普通、不特定多数の人が使ってるドラムってチューニングいい加減な場合多いし、軽音のドラムもそうだったんだ。だからさ、一回結構丁寧にチューニングしたんだよ。そしたらボロなドラムも鳴りがよくなってさ。先輩にも喜ばれたっけ。好みとしてはさ、目一杯ヘッド絞った金属音みたいなスネアなんかも好きなんだけど、やっぱりずんずんって、鳩尾の所にくる響きも外せないんだ。年中、カタログ眺めながらどんなセット組みたいかなって空想するのも楽しかった。百パー希望通りに組んじゃうと、軽く数十万って、高校生の小遣いじゃあとても無理だけど。

エイトビートってさ、テンポアップしていくとスピード感っていうかドライブ感っていうか、永遠に走っていける感じがしてくるんだよね。スネア打つタイミングとかライドシンバルのずらしとか裏打ちとかさ、いくらでも世界を演出していけるような万能感が背筋をぞくぞくさせるんだ。もう受け身だけのぼくじゃないってね。ようやく自分の世界を手に入れることができるぞって。でもね。

だってさ、一緒にやろうかっていうようになったギターの前田和って、なごみはさ、セッションするとめちゃくちゃ注文つけてくるんだ。あいつこそジコチュー人間の典型なんだよね。ヤツの思ってるビートやサウンドの歪みって、そんな好み、本人じゃなきゃ分かんないっての。シンプルで走りがちなぼくのドラミングも、笑っちゃうんだけど。

でさ、練習の割り当てもらいながら、セッションするたびに言い合い。仲間の澤田はさ、あ、シンちゃんね。仲裁もしないで笑ってるんだよ。自分だけぺけぺけリズムギター鳴らしてるだけで。ヴォーカルもベースもいないし、どんなことやるかもぜんぜん決まんないしさ、どうすんだよって焦りだけが積もってたんだ。じっくりやってたら別の道もあったのかもね。でもさ、そんな中でラグビー部に誘われたってのの、別の意味で新しい道ができたんだなって思うんだ。受け身だけじゃなくなったぼくは、ドラムとラグビーやらなかったらこの世にいなかったから。

大げさな言い方かな？

◆

ラグビーとの出会いって、恐怖との出会いだった。

だってさ、全部受け身が基本で他人との摩擦を避けるのがぼくの流儀だったのに、ボール持ってる相手を、全身でタックルして止めるなんて。受け流すことが許されないなんて。あ、ぼくムリなんで後よろしく、なんて究極の無責任だしさ。

初めてのタックル練習は基さん相手で、浜での練習だったよね。もちろん、基さんはハンドダミー持ってのことだし、痛いはずもないって理屈では分かってたんだ。スポンジ相手にぶつかるだけのことなんだから。でもその向こう側に人がいる、いずれはその、ナマの人間をタックルするということが、ぼくの恐れを増幅させたんだ。

その後も、基さんは来いよ、ってぼくを挑発した。優しいはずのユーコ先生だって、基さんが高校時代に松の木を相手にタックル練習してたってアオるしさ。そりゃね、学校の隣の教会の庭とか国道沿いの防砂林とか松の木には事欠かない環境ではあったけど、そんなことできないよ。人間の気持ちなんて弱い。すぐ折れる。

こんな気持ちでいるなんて、ラグビー部やめちゃえばこんなグジグジした気持ちだってなくなっちゃうんだよなって、でもさ。

ケータくん、がんばろうか。って、なんであんなに屈託ないんだろう、ユーコ先生って。ぼくはね、摩擦や争いやバトルが嫌いで穏やかに過ごしたいヒトなんだよ。肉体的なキツさよりさ、精神的なキツさって、ユーコ先生分かってるんだろうかって疑問も持ってたよ。でもね、毎日接してると、頑張れば次の一歩が踏み出せるって、ユーコ先生は信じてたんだって分かってくるんだ。シニカルに考えれば、馬鹿じゃねえのってほどではあるんだけど、大切なことだったんだね。

タックルダミーって、分かる？　形でいえばボクシングのサンドバッグに似てるんだけど、それを地面に据えてタックルするんだ。もちろん、ダミーは人間じゃないから我慢なんかしないし、人間がぶち当たれば素直に倒れる。でもね、きちんとしたタックルしないと、人間の方にダメージがくるんだ。もろに顔から地面に突っ込んだり、自分の勢いで自分が放り出されるようになったり。

基さんの右目の横にはちょっと大きなシミがあるんだよ。高校生のときにタックルミスって、顔面の右半分を擦りむいた跡なんだって。基さんに習ったんだ。踏み込むこと、両手でしっかりバインドすること、首のシュラッグと相手への密着。待ってタックルするんじゃなくてこっちから向かっていくこと。背筋の維持と目線の向け方。手と足と頭と身体と、どうしてそこまで細かく分析するのか、なんでそんなことまで考えるのか、わけ分かんないって思ってたよね。でもね、一番強烈なタックルが一番安全なんだって。

そうだね、夏合宿の菅平で基さんに相手してもらって、一時間半もタックルだけしてたことがあったな。

ケータ、最後は勇気さ、って基さんは笑うんだ。勇気なんて、ぼくにまったく似合わない言葉だって思ったけど、そのとき、基さんはぼくのタックルを生身で受け続けて、それでまた笑うんだ。さあ来いよ、ケータ。新しい世界が開けるんだぜ。きみがぶっ倒すのはボール持った相手プレーヤーじゃない。腰の引けてる昨日までのきみ自身なんだ。

夏の菅平でさ、ボールを抱えた基さんと向き合って、そう、全身の筋肉がぎしぎし悲鳴あげてたんだよ。もういいよって、胸の奥ではそんなつぶやきもふくらんでた、実際。基さんの背後には色濃い緑の林しかなくてさ。

でもぼく自身の呼吸や心臓の鼓動と、踏みだす一歩とがシンクロし始めたんだ。そこにはね、確かに感じるビートがあったんだよ。やってることは単純なんだ。でも、単純なことの繰り返しの向こう側に、うん。

その夜さ、風呂に入って湯船の中でその日を反すうしたワケ。とはいっても、半日タックルしかしてなかったんだけどね。その、一本一本のタックルが、失敗ばっかりのタックルがすっごいリアルに思い浮かぶんだ。ひとっつも、満足なタックルなんてなかったんだけど、風呂上がりに鏡に映った自分を見て思った。

こいつ、誰？

自分から前に出ていこうとする人間がそこにいた。その眼差しが、あったんだ。

◆

基さんは大磯のグラウンドに帰ってきてから言ってた。高校生のときにね、公式戦で自分を狙い撃ちしてきた相手ティームの上級生がいたんだって。わざといたぶるようなヒットを繰り返してくるような。確かに、基さんだって体格、大っきくない。今の基さんはぎゅっと引き締まった身体してるけどさ、ラグビーのピッチに立てばなめられるかもだけど。でもね、コンタクトのたびに背中にヒジを落としてくる、基さんはその相手に、あえて戦いを挑んだらしい。らしいっていうのはね、基さん自身がそう言ってたんじゃなくて、ユーコ先生から聞いたからなんだけど。

その、ラフプレーだらけの相手センターに、基さんは真っ正面から挑み続けて、最後は退場に追い込んだんだって。途中から、マネージャーしてたユーコ先生は基さんのその気持ちに気づいてたみたい。太腿を押さえながら退場する相手を見ながら、ユーコ先生はやったって快哉の気持ちも持ったらしいけど、試合の後の基さんはこれ以上ないってくらいの苦い顔してたんだってさ。年中へらへらして、楽しい表情ばっかり浮かべてる基さんしか知らないから、そんな顔なんて想像できないけど。

でもさ、ぼくのへぼなタックルだって、繰り返し受けながら笑顔を絶やさないなんて、やっぱり相当タフなんだよね。身体、っていうだけじゃなくてさ。

タックルはラグビーの華っていうけど、いつだって、それが自分に課せられた役割だったりすれば、さらにはタックル屋なんて言われるようになれば、プライドとビビる気持ちのギャップも感じる。足立さんやシンちゃんみたいにパスやランが得意じゃない、なごみみたいなスピードだってないし。ヨーイチやえんちゃんみたいに体格や粘り腰でスクラムを支えることもできないし、ミッキーやテラみたいに身長だってない。ぎりぎりの人数でやるしかない大磯東のラグビー部の中ではさ、ぼくはタックルで貢献するしかなかったんだ。

基さんは、その道を示してくれた、と思う。そんな偉そうな気持ちじゃなくて、面白がってただけにも思えるんだけど、オレを超えて見せろよ、オレ以上になって見せろよって言われ続けた気もする。だってさ、基さんはドラマーでもあるんだぜ。

オールドファッションなロックだけじゃなくてさ、軽いノリのＪポップだって、ハードバップのフォービートとかもこなしちゃうしさ。ベースのうねりがなくてもレゲエ叩いちゃうしね。つぶやくみたいに自分で歌いながら、やっぱり古くさいレゲエ演ってたの、結構カッコ良かったんだよ。そのくせにさ、ドラムよりもパーカスの方が楽しいよな、って言うんだよ。むちゃくちゃくそ悔しいじゃん。

理想の楽器はパンなんだってさ。知ってるかな。トリニダード・トバゴって、どこにあんのか分かんない国だけどさ、ドラム缶のケツひっぱたいて音階出した楽器でね、からころからころって、そりゃもう可愛い音が響くんだよ。あとさ、学校にボールとかスポーツ店から届くじゃん。その段ボールの箱、基さんにかかると楽器になっちゃう。カホンっていうんだそうだけど、もちろん本物は段ボールじゃないんだけど。

発想がね、ホント自由なんだね。

フランカーって、側方部隊っていう意味みたいだけど、臨機応変に、でも仲間のために有効な行動をとる役割なんだって。

仲間にとって意味のあることなんだったら、自分の判断で仲間に貢献する行動を選択する。そこに自分の鼓動とか、自分のリズムとかがリンクしてたら最高に楽しいよね。だから、ラグビー部では、いっつも自分の第一歩をめちゃくちゃ気にしてた。どこに向かって、何のためにその一歩を踏み出すのかってさ。

自由って、怖い言葉だなって今は思ってる。その結果は全部自分でひっかぶるワケだからさ。ラグビーの試合では、そのせいで負けたって、この馬鹿って言われて終われるんだろうけど。高校生のとき、ユーコ先生はどんなにミスばっかの試合の後でも、ナイスタックルって言ってくれたんだ。冗談じゃねェよ、ミスばっかだったじゃんって思っててもさ、思い切って行けてたよねって。なんもできなかったスタートの頃を知ってるからだよね。

ユーコ先生の発案で、大磯東のユニフォームはネイビーブルーになった。ちょっと、カッコいいユニフォームだったんだよ。それ着てさ、パチンっていうタックル決めたくなったもんな。

受け身だけじゃなくてさ、たまには肉食獣になるのも許されるだろ。

先輩たちが引退をかけた横須賀東高戦。大磯東は2トライのビハインド。ゲームの終盤になってさ、それでもグラウンド中央での相手ボールの密集でさ、こっちとしてはなんとかあのボールを奪い返さなきゃ百パー負けだっていう場面になった。

あいつらがやろうとしてることは分かってたんだ。だってさ、絶対の自信を持ってるプレーしかあり得ないだろ。強気な相手スタンド＝オフが、こっちを見てる。あの、堂々とした体格のインサイドセンターと、このゲームの中でのぼくとの勝負は、正直言ってぼくの2勝5敗ってとこか。悔しいけどな。

だからさ、こっちのフォワードにクサビを打っておいての外勝負だろ。ターゲットは、ぼくさ。じゃあ、どうする？

相手の足元にあるボールの行方を凝視した。最初の一歩に、かける。相手のハーフ団は上手い。最適なタイミングでインサイドセンターにボールは渡るだろ。クロスでか、カットインか。でもいいや、あいつを止める。習った通りのローアングルのタックルじゃ、オフロードパスで後ろにボール、生かされちゃうかも。でも胸元のボール狙ってったら、身体負けしちゃうかもな。だから、あいつのヘソ狙った。身体の中心の、体幹へし折るしかないだろって。そんなこと考えてたのは、多分コンマ何秒って時間だよ。思うより身体が動くってこと、もうしみついちゃってたんだしさ。

ラウンド　アバウト　ミッドナイト　若月広之（わかつきひろし）の場合

埃とインクと紙の匂いに満たされた図書室の静寂、その中でぼくは将来を見つけました。もともとは昼休みの教室の騒々しさから逃れるためにやってきた図書室の書架で「漢とローマ」という背表紙に手を伸ばしたのは、高校二年生の初夏のことだったでしょうか。その本が、棒暗記の世界史に温かな血を通わせることになりました。

エネルギーに満ち、人々の営みを感じさせる歴史世界を空想するのに、シルクロードを旅する人々のなんと魅力的だったことか。オアシスの町に、異国からの旅人がやってくる。エキゾチックな商品と奇想天外な物語と風変わりな神様の教えを携えて。目新しいメロディときらびやかな舞の衣装とを愛でながら、杯には甘やかな香りの葡萄酒。砂漠の向こうに沈む夕日と雄々しい高山の万年雪。大きな瓜を抱える笑顔の少年と、遊牧の民の雄叫び。モスクの尖塔と沈黙の夕べの祈り。そのイメージの、あまりの鮮烈さ雄大さに、高校生だったぼくはいてもたってもいられないくらいに憧れました。偉大なる古きアジア、その大地に立ってみたい。その大地が刻んできた人の営みを、もっともっと知りたい。王朝の興亡ではなく、法令の適不適ではなく、英雄の伝説ではなく。

石窟寺院の片隅で枯れ果てた名もない僧侶の思いや、営々とカレーズの井戸を掘って村を潤してきた人々の暮らしや、駱駝の背に荷を積んで不毛の峠を行き来した商人たちの歩みをこそ知りたいと。

人は誰も、憧れの地を持つことでしょう。ぼくにとってはその地は、長安であり、敦煌であり、サマルカンドであり、イスファハンであり、イスタンブルでした。今や、その気になればいつでも行ける所ではありますが、スウェン・ヘディンや河口慧海の「探検」もまた、ぼくには憧れでした。「行ける」からこそ、「行くのが惜しい」というのが今のぼくのジレンマなのでしょう。行くことの困難さは、もはや一部の戦闘地域以外はこの地球上にはなくなってきています。ましてや、古来から人の営みが積み重ねられてきた場所ならばなおのこと。フランスでもイタリアでもギリシアでも、アンデスでもエジプトでもインドでも、行くことは容易ですが、単なる観光旅行たらざる歴史への旅は容易ではありません。物珍しさを見物するよりも、知のための作業は、いにしえの人々への共感が求められるがゆえでしょうか、難しく思われるのです。

学べば学ぶだけ、「聖地」が増えてゆきます。いつの日か、実際にその聖地を訪れることもあるでしょう。その日のために、書物の上で聖地巡礼を重ねてゆく、それもまた、歴史を学ぶ者に課されたことなのでしょう。人間の歴史を踏みしめ、その未来を提言することが歴史学の使命なのですから。

◆

ぼくがこんな文章を書いたのは、初任の桂台高校のＰＴＡ機関紙の求めに応じてのことだった。ちょっとキザかな、と思いながら、それでもウソは書いてないぞ、と編集担当の委員さんに原稿を渡した。

高校三年のとき、大学で歴史学をやりたいと言ったら、父は嗤った。お前は馬鹿か。歴史でメシが食えるか。作家か学者にでもなるつもりか。お前にそんな才能があるのか。

父は、ぼくから見れば現実に密着した商売人で、なにが楽しくて毎日を過ごしているんだろうと、不思議に思っていた。いや、そんなふうに言葉にできるのはそれなりの歳月が経った今だからこそで、中高生の頃は、毎日店頭に立って近所のお客さんと雑談しながら商売をし、夕餉の酒の一杯に無表情で向かい合う父が、嫌いだった。

実家の、新潟の地方都市の駅前通りにある酒販店。その場所で生きるしかなかった自分を、どうやって解放したらいいのか。

身長ばかりひょろりと伸びていく高校時代には、それなりの進学校に通いながら、そしておとなしく過ごしながら、そんなことばかり考えていた。東京の大学の商学部に進学した兄は、季節ごとに帰ってきては父と酒を酌み交わす。その、ずんぐりとした、いかにも雪国の男という風情の兄が、少しずつ父の風貌に似てくるのに、息苦しささえ覚えていたのだ。

自分の部屋の片隅で、小さなCDプレーヤーで聴く音楽が、ささやかな慰めだった。でも、小遣いで買えるCDもそう豊富じゃない。次は何を聴こうかな、と、実家の店の並びにあった家電店の一角でためつすがめつ音楽CDを見比べていた。

なぜそれを手に取ったのか、今となっては不思議なのだが、ジャズという音楽があることは知っていつつも、ちゃんと聴いたことはなかったのに。

ふと棚から抜き出したのはマイルス・デヴィスの『ラウンド・アバウト・ミッドナイト』だった。赤い地色に浮かび上がる、トランペットを抱いたマイルスのシルエット。カッコいいな、と思った。たまたま、購入するのに足りる金額が財布にあった。それだけのことなのに、その夜、何度も聴きこんだ。コルトレーンのソロの最初の一音が、後頭部に響き続けた。

東京への受験の旅にも、大学入学の機会にも、わざわざ夜行列車を選んだのは、今となっては滑稽としか言いようがない。でも、あの頃の自分には、それが必要なことなのだった。

その夏、アルバイトが忙しいと言い訳して、家には帰らなかった。実際にアルバイトはしたのだったが、そのお金で、テナーサックスを衝動買いしてしまった。何をしたいのかよく分からない下手くそばっかりの学生バンドで、いくばくかの時間を過ごすこともあった。

◆

初任の桂台高校は、進学熱の高い学校だった。生徒は、自分の進路のために必要な授業と思わなければ、その授業を黙殺する。熱心な受講者と冷ややかな逸らされた視線が交錯する教室に慣れるまで、ずいぶん悩んだものだった。

教科準備室に戻ると、ようやく肩の力が抜ける。でも、安心できはしなかった。

最初に三年生の授業をやった後の昼休み、一人の男の子が社会科準備室を訪ねてきた。個別の生徒との会話は教員になって初めてで、それはそれで嬉しくはあったのだけれど、その質問がすごかった。二百字で解答する論述問題だったけれど、十七世紀の世界史全体を見通していなくては解けないようなキーワードのしばりがあった。どう見ても相当ハイレヴェルの入試問題で、でも逃げるわけにはいかないと、彼の疑問に答えながら解答の整理の仕方を議論した。

次の日から、彼はしょっちゅうやって来て難問をぶつけてきたのだけれど、最初のときに見せた堅苦しい表情と違って、だんだん笑顔が増えていった。

人間関係ができた頃合いに、わざと聞いてみたのだ。最初の質問のときはさ、ぼくの実力を測りに来たんだろって。分かりますか？　しれっとした顔で彼は言った。今こうして年中来るようになったって言うのは、つまりは合格だったってわけだ。はい、うふふって彼は笑った。ごまかしたりしないで誠実に一緒に考えてくれる先生だって分かりましたから。

一年先輩になる、津島恵という同僚がいた。日本近世史を専門とする彼女は、分野を問わず質問を投げかけ、論戦を挑んできた。多分、そういう年頃だっただけなのだろう。でも、疑問と確信を投げつけ合って、自分の中にある歴史学への酔いを認め合う時間は楽しくもあったのだ。それは互いに、自分の歴史学上の疑念を埋め、知見の地平が広がってゆくような快感を感じていた時間だったと思う。大学の研究室でだって、交わされるのは飲み会の相談とか誰かのウワサ話ばっかりだったしね。

ただ、他の同僚の目からは、若手の二人がケンカばっかりしているようにも見えたのだろう。準備室の空気が悪くなるようなことはやめてくれ、とも言われた。

日本の古墳の副葬品と五世紀世界の民族移動だとか、十二単の染色の技術的背景だとか、聖徳太子とキリスト教だとか、砂鉄と隕鉄と製鉄技術と剣の形状の変遷とか、ナポレオン戦争と長崎貿易とヘーゲル哲学なんていうテーマもあった。思い出すと笑っちゃうのは、北斎漫画と戦後の劇画と手塚治虫について、二時間も議論したこと。

ただ、一度担任を持ってしまうと、見える世界は変わった。生徒たちは、明るく清く正しく生きているだけのわけがない。多分本人も、大人になってしまえば笑い話にしてしまうような小さなこと、その小さなことが、生命の危機にまで近づいてしまうこともあるのだと、突きつけられた。

真面目で向学心に富む桂台高校の生徒、というのが世評なのだろうけれど、中には桂台高校に合格したことをゴールにして燃え尽きてしまった子もいたし、周囲の過剰な期待や自己評価にがんじがらめになって苦しんでいる子もいた。盗癖を巧みに隠しているとか、家庭での粗暴なふるまいを学校では一切感じさせないとか。

やがては、最大の謎は、十代後半の人間が抱える不思議、ともなった。とはいえ、そのあらゆることについて、自分自身もどこか理解できる屈託を、感じてもいたのだが。

本音では、作家か学者になりたかった。でも恥ずかしいし自信もないのでそこまでは言えなかった。それに、学校の先生になるつもりは毛ほどもなかった。ただ、教育実習をやってみて、その後で試しに、と思って教員採用試験を受けてみたら、一次試験に通ってしまったんだ。

父と店の跡を継ぐ兄と、その二人を頼りにしながら大学院に進むのか、それとも教員として独り立ちするのか。そんな葛藤の中で、結局高校の教壇に立つ道を選んだ。教育なんていう言葉の重さに、正直言って向き合う覚悟なんてなかったけれど。

桂台高校在職中に、恵と二人でやっていく気持ちを固めて、逗子市内に部屋を確保した。ただ、境南工科高校に転じて悩みを増幅させながら、一方でどんどん教員としてのたくましさを見せ始めた恵に対して、二度目の担任の二年目に、自分のクラスの生徒の重さに押しつぶされそうになっていた。

中でも、不登校になった男子生徒のお父さんの覚悟。親であれば息子の全てを引き受けざるを得ないのは仕方のないことかもしれないけれど、そのお父さんは、仕立てのいいスーツに身を包みながら、ぼくに相対したのだ。息子の全てをわが身に引き受けるために、閑職に回してもらいましたと。出世とかキャリアとか、その職業上の誇りを、一切なげうつのだと。

日に日に重苦しさを増してゆくその職場に、ぼくは耐え切れなくなった。中途半端だとは十分承知していながら、転任の希望を出した。

離任式の場に、卒業した生徒たちが何人も挨拶に来てくれた。先生の授業、好きだったんですよ。そう言ってくれた、四月から誰もがうらやむような立派な大学に進むことが決まっていた女子生徒の、頬や額には吹き出物の跡がたくさんあった。つるんとした茹で卵のような笑顔だった彼女に、それだけのストレスを与えた受験ってなんなのだろう。もちろん、それはぼくの罪ではない。でも、申し訳ない気持ちでいっぱいになった。

ぼくは学校なんていう所で、やっていけるのだろうか、と。

◆

転じた望洋高校では、別の矛盾に向き合うことになった。

進学実績と偏差値の向上に躍起になって実績を誇りたい校長とそれに追従する教員たちがいて、それに抵抗するように生徒の現実に向き合うことを第一にする先生たち。

なんだ、オレたちタメ歳なんじゃゃん。

そう言って笑ったのは、職員室で隣どうしになった垣内さんだった。

体育科のラグビーの専門家だけど、望洋高校にはラグビー部はなくて、なんだか毎日を持て余しているような感じがした。それもそのはずで、受け持っていた専門外の陸上部で、それを専門とする指導者がぼくと同期で着任した。垣内さんはその人とはどうにもそりが合わないようだった。

垣内さんや、同じ社会科の神山さんとは、一緒に生徒支援グループという分担をすることになっていた。生徒会行事や、生徒指導を担当するグループだけれど、神山さんが悪意を込めて「ぽち」と呼んでいる、校長に近い人たちに疎ましがられているメンバーが多かった。事あるごとに社会科準備室でコーヒーを囲んで話していたけれど。職員一人ひとりを色分けしているような職場に透明感があるはずもない。それは校長の意図が作り出していることは明らかだったし、なんの罪もない生徒たちにまで、そんな閉塞感が影響しているようで、前任校とはまた違った苦い思いをすることもしばしばだった。

なぜか、忘れられない情景がある。「ぽち」の一人の圧力で分解してしまったブラスバンドに残った三人の女子生徒がいた。律子、智恵、香奈絵の三人。なぜか彼女たちは奇妙にぼくになついてきた。

ブラスバンドの練習場所で、不安や苛立ちをそのままぶつけるみたいなテナーを彼女たちに聴かせたこともあったけれど、初冬の頃だったたか、智恵がお兄さんからのバースデープレゼントにもらったというＤＶＤを社会科教室で見せてくれ、と言ってきたことがあった。なんのことはない、クマのキャラクターのアニメだったけれど、きゃあきゃあいいながらモニターを見ている彼女たちの後ろで同じ画面を見ながら、思ったのだ。自立って、なんだろうと。自分はどうなんだろう、と。

主人公とクマのキャラクターは、軽やかなスキップでどんな地平の向こうに進んでいったんだろう、と。

その日の夜のことだったと思う。明らかに酔いに身を任せた声の恵に呼び出されて、夜通しドライヴをした。ハンドルを握って、ひたすら、西に向けて東海道の下の道を走った。その間、恵はいつも先輩面して上から目線で話すくせに、ずっと泣きながら新しい職場での困難を訴え続けた。いや、無気力な同僚への苛立ちを言いながら、本当は病的な異性への攻撃性を見せる男子生徒への困惑を嘆いていたのだ。

無言だったぼくにしても、時間が経てば分かる。職場の中での立ち位置も、生徒や同僚との関係も、どんどん複雑になってゆく感じがしていたのはぼくだって同じことだったんだし。だからこそ、ぼくは発する言葉を持てなかったんだ。窓の外、凪いだ海の上に浮かぶ少し欠けた月が、どこまでも追いかけてきた。

◆

陸上部の新顧問は、またたくまに「ぽち」の仲間入りをはっきりさせた。それは、陸上部の生徒たちのプライドをずたずたにする第一歩だった。生徒の努力を、自分の実績にカウントしたい。そんないやらしい思惑は、高校生にもなれば見透かされる、ということすら分からなかったんだろうか。

ことさらにストイックだった緒方くんという生徒は、最も先鋭的な姿勢でその顧問と対峙したと思う。職員室に呼び出されて、説教されながら一歩も引かなかった。いや、それは説教ではなくて恫喝だったし、まともな神経を持っていればその顧問の異常な自己愛が集約されていた話だと分かった。正直言って、吐き気がした。

でも、垣内さんのすごいところはそこからだったな、って今も思う。緒方くんに新しい目標を持たせるために、ラグビー部を創部したのだ。多くの同僚は、垣内さんが自分のやりたいことやってるんだと思ってただけだろう。でも、それは緒方くんが崩れ去っていくことをなんとかしたかっただけなんだ、と、今は理解している。

緒方のヤツさ、カッコつけてるつもりでタバコとかふかしてるらしいんだけど。

垣内さんがそう言うんなら、多分言い訳できないほど押さえてる事実があるんだろうって、そう思ったけど。

やるだろうなってことを垣内さんはやった。緒方くんを強引に自宅に連れて行って、ラグビー部創部に同意させたんだ。

当然垣内さんの耳にも入っていただろう。学校のあちこちで陸上部の新顧問が非難の言葉を吐きちらしていた。でも、彼は自分がそんな状況を作ったとさえ思っていない。自己正当化の言葉を連ねればそれだけ自分が醜くなっていくことさえ、理解できないんだと。誰かが言っていた皮肉めいた言葉を連想した。偏差値が高くてアタマの悪いヤツが多過ぎるって。

だからさ、ヒロ、顧問は二人必要なんだよ。頼むぜ。

不思議、でもないかな。笑顔の人間が集っていれば、自然とその輪は広がってゆくのかもしれない。最初は、陸上部を見限った緒方くんの仲間が集まり、緒方くんの彼女の小柴沙織さんとか、新聞委員の小野晴海さんとか。少しずつ、新しいラグビー部を取り巻く生徒たちの厚みが増していった。

人の厚みって、やっぱりパワーなわけで、すっごく小さい規模ではあるものの、歴史学が示す一つの真実を学んだ気がしさえするんだ。

でもね、人の心をきちんと見ないで、自分の何か、多分、地位とか権力とかのことしか考えてない、それが十分にみみっちいモノだとさえ気づきもしない連中もいるっていうのは現実。たいした広がりもない思考しかないのに自分は特別だって思いたがる人とか。世の中に巣くう様々な差別問題に食いついて、それを自分の出世の道具にしてる人間までいるんだから。

一人の生徒を窮地からすくい上げようとする垣内さんのシンプルな正義観って、なかなか大したもんじゃないかって思う。自分や自分の家族のこととか、ほとんど考えてないんだもの。その行いは誰のため？　って、もうちょっと自問してもいいんじゃないかって。

よく、授業後に質問に来てた小野晴海さん、緒方くんの彼女の親友。夏休みの練習のときとか、よく手作りの差し入れ持ってきてくれた。部員諸君と、あ、その頃はずいぶん部員も増えてたんだけど、垣内さんも意地汚いくらいに競争して食べてたよね。

いくつか職場も変わって、ふと夜中に目が覚めて思うことがある。いつか校長とか、管理職になりたくなるんだろうかって。

そのためには目の前の生徒たちを道具にするんだとか、お飾りみたいな教育理論とかが必要なのだったら、ぼくは、そんな世界に生きられない。教育っていう営みに理想を持っていて、そのためにその地位が必要なのなら、それは否定するつもりもないけど、それに、誰かがそれをやらなきゃいけないんだろうけど、ぼくは学校の枠組みの中で人間を見つめることで済ましたくないんだから。

こうすれば生徒はこうなるんだって、なんて単純な、はっきり言ってなんて愚かな発想なんだろう。人間って、そんなに型通りなはずはないって、思うよ。

◆

面白いものだなって思うのは、メグが境南工科で出会った和泉佑子さんという後輩や、そのパートナーの永瀬基くんと、いつしか家族みたいな感覚で付き合うようになったことだね。佑子さんはやっぱり県立高校の若手世界史教師だけど、基くんはまだ駆け出しのモノ書きだ。どうにも微笑んでしまうのは、基くんがなんの偏見もなく世界を楽しんでいるということ。どうしてそんなにボーダーレスでいられるのか、話していると、自分が教育公務員でいることが恥ずかしくなることがあるくらいなんだけど。

でもね、彼だってお気楽な自由であるわけじゃないことだって知ってはいる。まだまとまった文章にしてはいないみたいだけど、すごく重っ苦しいテーマに取り組んでもいるんだよね。この社会に横たわる人間のあり方や差別の問題でね。

それでも日常には、音楽のこととか落語のこととかお酒のこととか、一緒に気楽に楽しんでる。多分ぼくたちのこと、単なる極楽トンボみたいに見てるヒトがいるんだろうな。ぼくも、例えば料理だってするんだけど、なんでかな、いっつも出来栄えは地味。基くんは、美味しいものこしらえるんだけど、同じものを二度と作れないいんじゃないか、思いつきでしかやってないから。そのへんがすごいのが小野さんだよね。創意工夫もするんだけど、彼女の頭の中には一品一品にかっちりした設計図があるみたい。一人ひとりに特別な世界があるんだな、って、そう思うともっと楽しいよね。でもね、スパイスの使い方では、ぼくも二人には負けてないんじゃないかと思ってるけど。

学問的には、ぼくの頭の中にあるのはやっぱり砂漠やオアシスの世界で展開されたスケールの大きな歴史世界なんだけど、それは、さらにその奥底にある、縄文の森のイメージや越後平野の水田の広がりのイメージにも裏打ちされてる気もする。風土とか、そこにいる豊かな人間の結びつきとかが、ぼくをぼくにしている。言葉にしてしまうと気恥ずかしいし、一気に薄っぺらくなっちゃう感じもするんだけどね。

ジャイアンツと呼ばれる名プレーヤの演奏もずいぶん聴きこんだし、練習で真似をして、まだ指が覚えてるナンバーも結構あるし、名プレーヤたちの、ソロの第一音の衝撃のようなものが学問にあってもいいんだろうなって、思うこともある。実際に、そんなインパクトを世界に与えた学説だって、これまでにいくらでもあったって、授業で話すこともあるんだけど。それに、そんな学びの喜びって何より大切なんだって思う。受験に必要かどうかっていう価値観、絶対若い世代の豊かな感受性を歪めてると思うんだけど。

知ること、分かることの喜びって、それは、ぼくだって正解は提示できないし、これが正解なんだって言ったら、もっと窮屈になっちゃいそうだしね。暗闇の中で、手探りでやるしかないのかな。でも。

小鳥のワルツ

榎達朗の場合

金太のお話をしようと思います。

文鳥って、ご存じですよね。金太は純白の、小さな文鳥でした。

顔は思い出せるんだけど、陽くんという呼び名しか名前は思い出せないな。クラスの友だちで、でも、ぼく自身と陽くんはそんなでもなかったけど、ウチのお母さんと陽くんのお母さんは仲が良くて、一緒にＰＴＡの役員とかやってた。陽くんのウチはお母さんが外に出て働いて、お父さんが趣味の延長でペットショップを経営していました。ペットショップって言ったたって、扱ってる動物は小鳥とか金魚とかハムスターとかの小さな動物ばっかりだったけど。

陽くんのウチに遊びに行くと、インコとかカナリヤとかの賑やかな声が迎えてくれました。陽くんのお父さんがきちんとしていたのでしょう。たくさんの小動物がいるのに、クサイって思ったことが一度もなかった。陽くんのお父さんは、きっとお店にいる小動物たちを、本当に愛していたんだと思います。

そのお店から、お母さんが金太をもらってきたんです。ぼくが小学校四年生の春のことでした。

お店からもらってくる、っていうの、おかしいかもしれないけど、手乗り文鳥として育てているヒナの中で、ずっと小さくて虚弱なヒナが金太だったんです。同じ親から一緒に生まれたヒナなのに、金太は小さくて、特別に目をかけなきゃいけない命だったんです。たまたまウチのお母さんが陽くんのウチにいるときに、陽くんのお父さんがそんなことをつぶやいたらしくて、じゃあこの子、ウチで育てるわって、最初はちゃんとお金払って買うつもりだったみたいだけど、かえって手間かけさせちゃうからって、陽くんのお父さんは頑としてお金を受け取らなかったそうです。

ワラでできた容器の中の金太は、ボソボソの羽根で、うずくまったまま目を閉じてました。白い文鳥のはずなのに、背中の所だけちょっとグレーで、それがまた弱々しく見えて。最初にぼくが金太に会ったとき、この子、ホントに生きられるのかな、って思いましたもん。

でもね、毎日毎日炒ったアワをすりつぶして、お湯で柔らかくして食べさせたんです。少し手のひらに乗せた金太は、本当に小さくて、でも、一生懸命餌を食べてくれました。少しずつ、少しずつ、手の上で踏ん張る足の力が強くなって、くちばしや目の周りの赤みが鮮やかになって、背中のグレーの羽毛も純白になって。ぼくの手のひらにいるよりも、人差し指に止まるようになって。

ぼくの指を握る金太の四本の指に、力を感じるようになったある日、金太は羽ばたいてぼくの肩に飛び移ったんです。背後の箪笥に寄りかかってたからかな。ぼくの首と箪笥との隙間が、自分の巣のように感じたのかも知れないけど、指を近づけたら、金太はカラカラって声をあげて威嚇しました。自己主張さえ、できるようになってたんです。

鳥籠の中で、普通の小鳥の餌を自分で食べて、用意してあげれば気持ちよさそうに目を細めながら水浴びして、夕食用の小松菜の葉っぱとかを一枚洗濯ばさみで籠につけてあげると美味しそうに食べて。濃いピンクのくちばしが緑の葉をちぎって食べるとき、パリパリって音をたててました。

そしていつでも、金太って呼びかけると、張りのある声でピッと鳴き返してくれました。ぼくと金太と、ずいぶん違う生き物なのに、ちゃんと分かりあえるなんて、なんか不思議でした。だって金太は、部屋に放したって窓の外へ出ていこうとなんかしなかったし、いつもぼくの肩に止まって、ぼくがおやつなんか食べてて口が動いてると、唇の端をちょんちょんとつついて、ねぇ、分けてって。

すみません。思い出してたら、なんだか泣けてくるんですよ。

今はちゃんと分かってます。動物と口移しで食べ物を分けるなんて、お互いによくないんだっていうことぐらい。でもね、金太は、ぼくやお母さんに全てを委ねて生きるしかなかったんです。それに、ぼくたちは、お互いのことが大好きだったし、そのころのぼくには、金太以上に大切な生命はいなかったんですよ。

鳥ってね、ちゃんと自分のクチバシで羽づくろいしますけど、頭だけはどうにもならないでしょ。それは足で掻くんですけど、なぜですかね、翼の内側から足を回すんですよね。

金太はね、ぼくが指の爪の先で頭を掻いてあげると、それは気持ちよさそうに目を細めてました。ねぇ、もっと掻いてって。よく、鳥ってアタマ悪い動物みたいにいわれるじゃないですか。そんなこと絶対にない。金太はぼくの肩以外には止まらなかったし、ぼく以外の人が呼びかけたって返事はしなかったんです。お互いにお互いを分かってたんです。きっと。

ただまぁ、ぼくの服の肩にはいっつも金太のフンがこびりついてましたけど。人間の子どもの方が、よっぽど始末に負えない、ってそんなこと思ってる子どもに、友だちなんかできませんよね。陽くんの名前、ちゃんと覚えてないっていうのも、そういうこと。

あの夏、ぼくの世界は、金太とぼくだけで成り立っていたんだと思います。

◆

誰にだって、大切な存在との別れの日は来る。そんなことをちゃんとぼくに教えてくれたのも金太でした。

金太は果物も好きで、秋口のまだ皮の青いミカン、好奇心いっぱいでついばんではくちばしをぷるぷる振ってました。酢っぱかったのかな。鳥の味覚なんて分かりませんから、あくまでも想像なんですけどね。でも薄く目を閉じながら何度もミカンの房にトライする金太の姿はとっても可愛かった。

居間のこたつに蒲団がかけられて、居間に行くとまずその蒲団をめくるようになったころです。その前に、鳥籠の口を開けて洗濯ばさみで止めて、そうすると、いつもは羽ばたく金太とぼくが相前後して居間に入る感じだったんですけど、止まり木の上にいる金太の姿勢が低いなって思うことが、何度もあったたって後になって思い出されるんですよね。

金太は、ぼくの肩に乗って威張るより、左手の人差し指に乗ることをせがむようになったんです。なぜかっていうと、金太の胸元にぼくが口をつけて、ふうっと温かい息をかけるのが、金太は好きだったんです。ふうってすると、金太は姿勢を低くして目を閉じます。どうでもいいことかもしれませんが、小鳥って、下まぶたを上に持ち上げて目を閉じるんですよね。

そんな、うっとりした姿の金太もまた、たまらなく可愛かったんです。

でも、それは可愛らしい姿だっただけじゃありませんでした。金太に与えられた生命の力は、やっぱりか細いものだったんだと、すぐに知らされました。

登下校にマフラーを巻くようになったころ、家に帰ったら、金太は止まり木の上にいませんでした。鳥籠の下の、冷たい金網の上にうずくまっていたんです。思わず呼びかけたんです、金太って。金太はいつものようにピッと返事をしてくれましたけれど、くちばしのピンクは、すごく色あせて見えました。

鳥は光に敏感だから、少し薄暗い部屋に連れて行って、段ボール箱の中に電気あんかを入れて、その上に金太を座らせました。金太は安心したように座りこんで、もう一度ピッと鳴きました。温まって、少しでも元気が出てきたら、果物かおせんべいのしょっぱくないところをあげるよ、って声をかけたんです。五分と経たずに心配になって部屋の外から金太って、呼びました。ピッと、また返事をしてくれましたけど、それが金太の最後のエネルギーだったんですね。

動かなくなった金太を電気あんかの上から抱きあげたら、すぐにあんかの熱は去っていきました。小さな小さな生命が、ぼくの手の上から去っていきました。

涙は出ませんでした。今から考えれば、初めての喪失ということに、戸惑い切っていたのかもしれませんし、金太を手のひらに乗せた最初のときからすでにこの瞬間を知っていたからなのかもしれません。

金太は、一年にも満たない短い時間の中で、ぼくにものすごく大切なことを教えてくれたんでしょう。片手に包んでしまえるような小さな命でも、それがどれだけかけがえのないものなのか、いや、上手く言えないんですけど、どれだけ時が経っても、金太のことは忘れないんだろうな、って思うんですよ。

◆

だからぼくは、いつでも生命っていうものに心惹かれるようになったのかもしれません。

人間が、可愛がったり大切にしたりする命もあれば、疎ましがったり嫌ったりする命もあるじゃないですか。でもね、みんな一生懸命生きてるんだって、ぼく、思うんですよ。みんなが生きたいって、そう思ってる。金太だってね、ドライにペットショップの経営だけ考えたらお荷物、っていうより不要な命だったんですよね。でも、陽くんのお父さんやウチのお母さんのたまたまの気持ちで、ぼくの手元に来てくれたんです。

中学に入ったばっかりの頃だったかな。隣のおばさんがゴミ出し場所で激怒してたことがあったんですよ。

ああもう、カラスなんてみんな死んじゃえばいいのに、って。

そうなのかな、カラスって、害ばっかりで迷惑な存在なのかな。確かに鳴き声はうるさいし、金太の真逆で真っ黒だし、イメージ悪いのはしょうがないけど、でもカラスも一つの命だよなって、ふと思ったんですよね。

道を歩いていれば、そこここにカラスはいます。姿が見えなくたって、その声を聞かない日はありません。同じ鳥です。相手は野生ですから、金太みたいに交流できるとは思いもしませんけれど、一つの命であることは変わらないし、ゴミを荒らすのだって、彼らの生活手段の一つなんだろうに、って、思いました。

スカベンジャーって、分かります？　野生動物も、たとえばハンティングした肉食獣が捕らえた獲物の百パーセントを食べてしまうわけじゃありません。当然、犠牲になった動物は大地に帰って行くわけですけど、その前に、いろいろな生き物の営みによって分解が促進されるんですよね。命を終えた生き物、それが、どんな愛情を受けて営まれた命だって、そうじゃなくったって、その命は、いずれ他の生き物の営みに引き継がれて、他の生き物が未来を受け取ってゆくんだって、いつしか思うようになってました。

確かに、金太の命は庭の土の下に葬りましたけれど、その生命は身体を分解する土中の生き物に引き継がれたんでしょうし、一方ではぼくの心には忘れがたい何かを残してくれたんです。一切のウソのない、あの黒い瞳で。

電柱のてっぺんに止まっているカラスを見上げてると、彼らはにらみ返して来ます。スカベンジャーとしてのカラスは、例えば肉食獣の残したものを狙って寄ってくるわけです。だって、カラスには鋭いカギ爪も強力なくちばしもないんですから。羽があるっていったって、飛行技術はそんなでもないらしいし。できることは的確な状況判断くらいみたいなんですよ。そうしてみれば、強力な食物獲得能力を持っている人間の生活の側にいて、その食べ残しを狙うのは、きわめて有効な生き残り戦略っていうことになりませんか？

ゴミ出し場所を荒らされたくないなら、人間が工夫するしかないんで、カラスに罪を着せるのは酷というもの。彼らは自分の生き残り戦略に忠実に従っているだけなんですから。そう考えれば、金太だって、自分の短い生を読んで、ぼくたちを上手に利用しただけなのかもしれません。そう思うっていうのもドライ過ぎるのかなって思いますけどね。人間にすり寄ってペットになってる犬や猫だって、そうなのかも。隣にいる可愛らしい動物って、けっこうしたたかなのかもな、って考えたときが、金太との思い出を相対化できたときだったのかもしれませんし。

自分の家の窓から、電線に止まっているカラスを観察しているときでした。こっちは窓ガラスの内側でしたし、彼、彼女かもしれませんが、なぜかそのカラスはその電線の上を、右に左に動きながら、飛び立とうとも場所を移動しようともしなかったんですね。その場所に、何を求めているのか。

でも、一瞬目を疑いました。そのカラスは、電線につかまったまま前転したんです。人間で言えば大車輪です。そうすることで、そのカラスになんのメリットがあるのかっていっても、そんなメリットも思い浮かびません。カラスはでも、それを執拗に何度も繰り返したんです。遊び、であったとしか思えません。自分の身体能力を試したのかとも思えましたけれど、鳥なんですから、ヤバいと思えば飛んじゃえばいいだけなんだから。無駄と思うことでも、価値があったりするのかもなって。

実際、人間だって意味のないことに熱中するじゃないですか。

いえ、そういう行動を馬鹿にするつもりなんてまったくないですよ。生きていくために必要なことだけが大切なんじゃないって。ぼくはそんなふうに思い始めていたんです。いやむしろ、生きていくことに直結しないことだって、とっても大切なことなんじゃないかって。

◆

金太のね、初夏の日差しの中で小首を傾げてる写真が五枚あるんです。インスタントカメラで撮った、ピンボケ写真です。金太の遺影はその五枚きり。

ぼくの左手の指の上で、右に首を傾げ、左に首を傾げ、上を向いて、ちょっと伸び上がり、すっと姿勢を低くする。ぱらぱらとめくり返していると、金太がダンスを踊っているみたいです。動物の行動を、擬人化して観察するのは間違いの元だって、それは分かってのことですけど、そのピンボケ写真はぼくに示唆を与えてくれていたようにも思えるんですよ。

中二の頃に、デジタルカメラを買ってもらいました。何冊も、スケッチブックに鳥のイラスト描いてましたけど、リアルな映像も欲しくて。その頃のぼく、なんだか毎日のように上半身がむくむくするような気がしてたんですけど、お母さんからも言われました。がっちりした体格になってきたのはお父さん似なのかもしれないけど、毎日毎日鳥の絵描いてるだけでいいの？　って。

普通の町の普通の街はずれなんだけど、花水川のほとりに行くと、本当に信じられないほどたくさんの種類の鳥がいるんです。自分も身動きしないように待ち構えて、鳥の映像を撮ってから、それをできるだけ忠実にスケッチに移すっていうことに、毎日熱中してました。こっちをちらほら警戒して振り返りながら水の上を遠ざかっていくカルガモとか、無心に水面に浮かんでるバンとか、悠然とした大きさで川の対岸で羽繕いをするアマサギだとか、トビにケンカ売ってるハシブトガラスとか、木の枝で彫像のように身じろぎもしないオオタカとか。

ちょっと見には、孤独でクラい男子中学生ですよね。でも、楽しかったんですよ、自分が自然の一部分になったみたいで。アオバトがやって来る大磯の海辺にもずいぶん行きました。波飛沫に呑み込まれそうになりながら、まん丸な目をしてアオバトたちは海水をごくごく飲んでる。しょっぱくないのかな、って、なんだかぼくの方がのど渇いた気分になったりして。

だからね、高校進学にしても、海を見渡せる学校にしようって思ったんですよ。大磯東高なら、海も山も見渡せるし。最初の学校説明会に出席した後で校庭から周囲を見て、巣をかけるならあの木かな、なんて、ぼく、意識は半分カラスだったのかも。

入学して写真部に入ったのは、まぁ当然の選択だったワケです。もともと、勉強の面では実直な方でしたから、理系を選択して将来は生物学関係の、いや、正直言っちゃいますと、動物行動学やるつもりでした、その頃から。もちろん、鳥が一番好きなんですけど、トカゲなんかも興味深く見るようになってたな。

◆

そんなヤツが、なんでラグビー部なんだって。全然関係なく思えるでしょ？

でもね、ぼくの中ではまったく矛盾してないんです。ホント、失礼な言い方になっちゃうけど、最初はね、生存戦略にはまったく無駄な行動のサンプルとして、人間のスポーツする姿を観察しようと思っただけなんですよ。ぼくのフィールドワークは屋外が基本でしたから、当然グラウンドで活動する部活を見に行こうと思ったわけです。でもね、ソフトボール部とか陸上部女子とかを見つめてたら絶対誤解されるって、そのくらいの常識はありますからね。一番フリーな感じで動き回ってたのがラグビー部でしたから、ちょくちょく活動の様子を見てたんです。

何人か同級生が入ってましたから、ふうんって、思いました。いつもぼんやりしてるだけに見えたヤツとか、へらへら下らないことばっかり言ってるヤツとか、ぼくには、あんまり交流する価値を見いだせないように思ってたのに、なんであいつ、あんなに生き生きした目をしてるんだ？　って不思議に思ったんですよ。ほら、動物が生き生きしてるかどうか、ぼくも、観察者としてはそれなりにキャリアあったりしたわけですから。

秋の東西対抗、大磯西高との合同体育祭で、ラグビー部顧問の和泉先生と初めて話したんですよね。写真部ですから、公式記録写真係として、学校のごっつい一眼持って競技場にいられるわけじゃないですか。

エキシビションの先生リレーで、和泉先生がトップでゴールした瞬間をメモリに収めました。当たり前なんですよね。女性の若い先生がほとんどいないんですから、毎日グラウンドで動き回ってる和泉先生が圧勝するのなんて。その一瞬を写したディスプレイを、和泉先生に見せに行ったんです。ヤダって言いながら、先生は結構嬉しそうでした。それにね、最後の男子リレーのアンカーで激走したラグビー部の前田くんの迫力もすごかった。ラグビー部の試合、見に行こうかな、って思ったんですよ。

横浜のなぎさグラウンドで試合を見て撮影した後、ちょっといいショットの写真を部室にプレゼントしに行ったり、試しにボール触らせてもらったり。最初は体操服とジョギングシューズで基礎練習に参加してみたりしたんですけど、くたびれはするけどすごく解放された感じがしました。

無駄なのに、それをやっちゃうっていう生き物の行動って、正しかったのかもなって思ったんです。部のメンバーに教わって、お母さんからおカネもらって、横浜のラグビーショップに行って練習道具そろえちゃいました。

お母さんからは言われましたよ。

年中鳥の絵ばっかり描いてて、この子どうなっちゃうんだろうって心配してたって。スポーツなんかもしなさいって言おうって、何度も。だから、喜んでスパイクとかにもおカネ出してくれました。

言うまでもないことですけど、ラグビー部、楽しかったんですよ。後にも先にも、ぼくのことタツローって呼び捨てにするヒトたちって、ラグビー部のメンバーだけなんですけどね。それにしても、コーチしてくれた基さんっていう人も不思議なヒトでしたね。唐突にトン汁作ってくれたりしたけど、スクラムの練習じゃスパイクの位置の数センチにこだわるし、ラインアウトの、ボールの持ち方に異様に執着したり。左足首の角度とか右ひじのスイングとか、身体の細部の使い方を意識するってこういうことか、って思いましたよね。

あれかな。学校の北門のところの駐輪場のアスファルトで、よくカラスがクルミとか、固い木の実を落として割ってたんですけど、そしてその行動を面白く観察したりもしてたんですけど、そんな小さな餌に執着するより、ゴミでもあさりに行ったりした方が効率よく栄養を補給できるんじゃないかなって。ぼくだって知ってましたよ、学校周りのガードの甘いゴミ出し場所。ぼくもカラスみたいですかね？

こだわっちゃうと、大局を見失うこともあるでしょうし、でもそういうこだわりが大切なこともあるんでしょう。生き物である以上、それが当たり前なんでしょうね。だからこそ、抱きしめたいほど切ないって思いますよ、命って。

誰にも言ったことないんですけどね。ずっとずっと大きいんだけど、グラウンドの隅に転がってる白いラグビーボール、ときどき、うずくまってる金太に見えることがあったんですよ。

ビールをもう一杯

緒方直樹(おがたなおき)の場合

基、この馬鹿！

そう言うと、ヤツは楽しそうに笑うんだ。そう、ナオキだって馬鹿じゃんって、切り返してくる。いい加減オトナなんだしさ、そんな小学生みたいな口ゲンカしてるのって、どうなんだろうね。

でもさ、一切ノーストレスでなぁんにも気にしないで一緒にビール飲めるヤツがいるのはいいよね。まぁ、お互い忙しいし、休日出勤もある不規則な勤務のオレとしても、いつもふらふらしてるように見えるフリーの基のこと見てると、なんか羨ましいなって思うことはあるけどさ。基はそれでも言うんだぜ。毎月定額の給料もらえるのなんて、ナオキ甘えんなよってさ。ふざけんなよ。給料はただもらってんじゃねぇよ。仕事への正当な報酬だぜ。

基ね、ビアホールに、不精ヒゲだらけでげっそりした顔で来たときにはびっくりしたね。三日徹夜したんだってさ。でも、ナオキと飲む約束してたもんな、って。

大ジョッキ一杯で、テーブルに突っ伏して寝てやがんの。何発か、後頭部ひっぱたいてやったけど、起きやしなかった。

あいつが書いた小説、読んだよ。

全然売れてないみたいだけど、あいつ自身の性格と一緒で、ヤなやつが一人も出てこない。こんなんでドラマになんねぇだろって思ったけど、あいつアタマ悪いから、ひねくれた人間とかわがままな人間とかの気持ちなんか、想像できないんだろうな。

面白かったけどさ。

◆

自分のことしか考えてなくて、そのためには平気で他人を利用する。いいオトナが、高校生を、って、そんな思いをしたことがあるんだ。

高校に入学したとき、オレだって、まぁ面映ゆいコトバだけどさ、希望に胸ふくらんでたわけよ。高校は横浜南部の望洋高校っていうガッコ。オレさ、小学校まで川崎に住んでたんだ。中原区っていう所でさ、ウチのマンションのベランダからさ、新幹線の線路が見えたんだよ。先頭車の複雑な曲線がキレイだなって思ってた。新幹線がフルスピードで疾走するのは新横浜を過ぎてからっていうのは、ずっと後から知ったことで、南武線だって東横線だって、ただの四角い箱じゃん。新幹線のすっごい特別な感じ、好きだったんだよね。

速い、っていうことと、その特別な感じが欲しくって、オレ、中学から陸上やってたんだ。瞬発力の短距離よりも、じわじわやってく長距離よりも、オレ、中距離に魅力を感じてたのは両方を兼ね備えたいって思ったからさ。高校生になって始めた８００、ホントにキツいんだよね。走りながら、オレってマゾかよって。

すごい選手じゃなかったんだよ。中学のときなんかもね、いっくら練習してもタイム伸びないし。でも、ベテランの、お爺ちゃんっていってもいいくらいの顧問の先生には言われた、今はガマン、シフクのときだぞってさ。

シフクって漢字で書けないって言ったら、また基にからかわれるな。

だから、高校の陸上部には期待してたわけ。オレたちの代が入学した春に、同時に着任した先生に、陸上の専門家がいたんだ。体育の先生じゃなくて、数学の先生だけど、見てくれからしてスポーツ指導者って感じのヒト。投てきの選手だったんだって。確かに胸板ぶ厚かったし。

今さ、スポーツ用品メーカーの営業でいろんな学校の運動部に顔出してるけど、やっぱり分かるよ。自分ファーストっていう先生がいるのは事実。でも、その頃はそんなこと分かんなかったからさ、しょぼくれたお爺ちゃん先生じゃなくて、この先生ならいろんなこと教えてもらえそうだな、って考えてたわけ。

一年の最初の頃はね、垣内先生っていう、恐竜みたいな先生が練習の指揮をとってたんだよね。恐竜っていっても、事あるごとにがははって笑うしさ、絶対生徒にネガティブなこと言わないし。これはこれで楽しいなとは思ってた。でも、だんだん垣内先生、グラウンドに来なくなっちゃって、その、亀井先生っていう新しい先生が全てを仕切り出したんだ。

高校一年生に見透かされちゃうって、どんだけ底が浅いんだか。

亀井先生さ、確かにコーチとしての言葉はそれなりに持ってはいるワケ。でも、その言葉とともに自分の身を削ってきたんだとはまったく思えないんだよね。自分をエラそうに見せるためにそんな言葉を身につけてきたんでしょ、って、オレ思ったもん。

事あるごとにオレらの頭押さえつけにかかってくるしね。先輩たち、結構イラついてたよね。先輩たちだけじゃなくて、同じ代の真田って短距離やってたのがいたけど、そいつ、競技も短距離だったけど気も短かった。あっという間にクソ亀って呼ぶようになった。もちろん、面と向かってじゃないけど。

◆

沙織にコクられたのは、そんな鬱屈してたころだったんだよな。

基よぉ、シフクは書けねぇけど、ウックツは書けるぜ、オレ。

出席番号順の席だった春、オレの後ろの席に座ってたのが小野晴海、バルちゃんさ。どの授業だったか、沙織が教材忘れて、バルちゃんと机くっつけて授業受けたんだよな。そのときにもさ、沙織、ナナメ後ろからオレにちらちら視線よこしてた気がする。ソフトボール部に入った沙織、練習中のグラウンドでも、時々コッチ見てたんだよね。なにあの子、って思いはしたものの、もしかしたら、とも。

だってさ、高校生の頃、沙織めちゃくちゃ明るくて可愛かったしさ。

いろんなとこ行ったよ、二人で。もちろん、二人とも部活やってるわけだから、予定を合わせるのもちょっと難しかったけど、鎌倉行くのは二回目のデートにしたんだよ。なんでかなぁ。ファーストデートを鎌倉にすると別れる、っていうジンクスがあってさ。そんなこと信じちゃいなかったけど、なんだか、避けたよね。

三浦の方へ足延ばして、背伸びしてマグロのランチ食べたし、ぼんやり東海道線に乗って熱海まで行ったこともあったな。沙織はさ、電車乗ってるだけじゃ退屈だよって言ってたけど、熱海の駅前で足湯に入ったら、いっぺんに機嫌直した。いつか、二人でもっと旅しようね、って。

鎌倉ってさ、まぁ休日とかすっごい混んでるけど、知り合いに会うこともなくて、沙織と付き合い始めたのもバレないだろって思って。だから、名所も一通りの所は行ったよ。正直に言うとさ、鎌倉なんかどうでもよかったんだよ。もちろん、笑顔の沙織と歩いてれば楽しいんだけど、部活のストレスから逃げ出したいっていうのが一番だったのかも。亀井さん、威張り散らしながら結果を出せ、って言うばっかりでさ。ほっといてくれよ。オレらはあいつの実績作りの道具じゃねぇって、真田、部室でベンチ蹴ってたもんな。もちろん、オレだっていっつもイライラしてたしさ、亀井さんから何か言われてもろくすっぽ返事しなくなってたのが二年の春ごろ。

新入生からさ、先輩陸上やりたいんですけどって相談されても、やめとけって言ってたもんな。

一度、亀井さんに職員室に呼ばれた。梅雨時のことさ。その頃、いよいよ亀井さんとうまくいかなくなって、沙織と一緒にいてもつっけんどんな態度ばっかり取ってた。でもしょうがないじゃん。オレの高校生活、もうオワリだよな、って思ってたんだから。年中うつむいて無言になっちゃった沙織には、悪いことしたなって、今は思ってるよ。

職員室でさ、ふんぞり返ってる亀井さんの前に立たされてさ、いろいろ言われたけど、先生の都合ばっかりなワケ。このセリフが、人を育てる仕事してる人から出てくるのかよって。心の底から、怒りじゃなくて悲しみが湧いてきてた。

陸上部やめますって言ったんだよ。職員室から出て、その瞬間にものすごい後悔が頭を占領して、どうしていいか分かんなくて。職員室前の廊下で足が止まったんだよね。職員室から亀井さんの、自己正当化の言葉が聞こえてくるんだ。ああ、こんなサイテーな先生がいるんだな、って。

基はさ、話聞いてるとすっごく理解のある、それでいてシメるとこシメる感じの先生と三年間のラグビー部生活送ったみたいじゃん。幸運なヤツだよね。そこでユーコさんとも出会ったんだしさ。そういう苦悩知らないからあんなにノーテンキなのかな。

もう一回言っとく。基のばぁか。

でね、オレ、ちょっと荒れちゃったの。昇降口でさ、心配してた沙織の手を振り切って、雨の中を傘もささないで、家にも帰りたくなくてさまよってた。もう、頭の中に浮かんでくる言葉は、チクショウチクショウって、そればっか。

バルちゃんにはね、ホント感謝してる。

落ち込み切ってる沙織を心配してのことだったみたいだけど、垣内先生に相談してくれたみたいなんだ。みたい、っていう言い方になっちゃうのは、バルちゃん絶対そのこと言わないから。でもね、オレ、数日後に昇降口で垣内先生に拉致られた。有無言わされずに、垣内さんのお宅に連れて行かれたんだよね。クルマの中での垣内さんはずっと無言だし。部屋に通されて、緒方おまぇ、腹減ってるか、って。

いいえって、言いにくいじゃん。無言で頷いたさ。

垣内先生の奥さんは、元看護師でね、ラグビーの試合で大ケガした垣内先生が病院のベッドで口説いたんだって。三人の子どもが元気に走り回ってる部屋で、晩メシ、ご馳走になったんだ。

そりゃさ、お袋の食べ慣れたメシとか、毎日沙織が出してくれるメシとか、今となってはすっかり定番のバルちゃんのご馳走とか、基の作る粗雑なメシとかさ、いろんなご飯知ってるけど。あ、余計なことだけど、オレは作るのダメ。何作ってもしょっぱくなっちゃうの。あのときの、垣内先生の奥さんの手料理、中身はなんだかもう覚えてないけどさ、とってもあったかかったんだ。温度のことじゃないよ。食べる相手のことを思ってる味なんだよ。おかわりは？　って聞かれたとき、オレ、泣きそうになったもん。

垣内先生はさ、缶ビール一本握ったまま、飲みもしないでオレのこと見てるわけ。どうしていいか分かんなくて、夢中でご飯食べてたんだ。そしたらさ、垣内先生言ったんだ。お前、そのまんま下らないヤツになっちゃうのかよ、って。

なぜなのかいまだに分かんないんだけど、オレがやけくそになって買ったタバコの銘柄まで知られてたんだ。まだ一本も吸ってなかったけどさ。

新品のラグビーボールとマジック出してきて、お前がやるっていうなら、とことん付き合ってやる、やるんなら、そのボールに学校の名前書けって。

手が震えて、なかなか書けなかったっけ。

突き刺され、って垣内先生は言うんだ、ハンドダミー構えてね。

フツーじゃないでしょ。ラグビーの初歩の初歩って、楕円球のパスとかじゃないの。でも、最初に教わったのがタックル。いっくら思いっきり突っ込んでっても、垣内さんは微動だにしない。もういっちょう、もう一発って。際限ないんだ。そりゃさ、新しく立ちあげた部活にグラウンドの優先権なんかないから、端っこの小さなスペースで二人っきりの部活やり始めたわけ。マジ、キツかったよ。でもさ、垣内さんだって、初心者とはいえオレの当たりを何十発も食らって、ナンでもないワケないじゃん。いや、そう思いたいんだけど。垣内さんに引きずり込まれてさ、ヒロ先生っていう世界史の先生がサブ顧問になってくれたんだ。ヒロ先生、スポーツの経験なんてないんだよ、って言ってたけど、夏休みの練習とか律儀に来てくれるんだ。吹奏楽部の香奈絵とか律子とかがヒロ先生に憧れてたよな。テナーサックスのプレーヤだったんだって。

なんだか義理堅い感じでバルちゃんが差し入れ持ってきてくれるんだよね。すっごい気の利いたサンドイッチとか巻き寿司とか。夏の練習打ち上げて、一息ついたタイミングでつやつやした稲荷寿司とか見せられたらさ、食いてぇって思わない方がウソじゃん。夏休みに入る頃にはさ、真田なんかも陸上部から抜けてラグビー部に合流してたんだよ。奪い合って、バルちゃんの差し入れ食ったんだよな。生徒と同じ貪欲さで差し入れ食うの争う垣内さんの大人げなさって、どうなのよって思ったけどさ。

あ、いつの間にか、垣内さんって、先生ヌキになってるよね。オレの頭の中ではそれが自然なんだ。なんだかんだ言って、あの頃の望洋高校って、多分色んな意味で過渡期だったんだよな。儀式のたんびに繰り返される校長の大仰な話とかさ、むきになって進学重点校みたいにしたがってる先生たちと、生徒のこと気にしてくれる先生たちと、ぎくしゃくしてるのはいくらなんでも分かるさ。

でね、オレ気づいたわけ。

垣内さんとか、ヒロ先生とか、ちゃんとこっちの方を向いててくれたって思ってる。それでね、バルちゃん、そんなヒロ先生のこと、好きだったんじゃないのかな。

沙織がさ、いっつもパキっとして真っ直ぐしか見てないヤツだったから、余計にそう見えたのかもしれないけど、バルちゃんって、おどおどしてうつむいてるようなんだけど、絶対芯のところはブレない感じ、したもん。自分を殺して他人のためにって、そんな行動ばっかりだったのに。

こんな言い方すると沙織がブチ切れるかもしれないけどさ。三年になって受験の日程が迫ってきたころ、バルちゃんが沙織に言ってた。芸術系の学部に行って、写真の勉強したいんだって。その表情が、ものすごくキレイに見えたんだよ。沙織は、もう短大の推薦入試で保育士さんになることを決めてたから、バルちゃんの決心なんてどう思ってたか分かんない。でもね、おっかなびっくりしながら写真と学校新聞の記事に向き合ってるバルちゃんも知ってたから、チャレンジするんだな、って思ったんだ。

◆

大磯東の和泉先生を紹介されてね、最初は営業範囲広げようってだけだったの。

でもね、和泉先生も、ラグビー部のメンバーも、なんだかストレートだったんだ。人数不足も環境の不十分さもあるんだけど、浜の砂地の上で一生懸命タックルしたりダッシュしたり、そんな真っ当すぎる部活がそこにあった。この子たちに何かできないかな、ってオレ、思ったんだよね。

オマケもついてきた。ユーコ先生のパートナーの基さ。

あんなに可愛くて誠実な先生のパートナーがこんな馬鹿でいいのかよって、確かに思う。でもさ、きっとヤツとは、ジジイになっても飲み友だちだよ。変な話だけどさ、オレ、基とラグビーの話、ほとんどしない。互いにまだ、ラグビーの現場のそばにいるのにね。マジになっちゃうより、ユルい関係でいた方がいいよ、って、誰かに言われてる気もするんだけど。

大磯東ラグビー部のメンバーが海岸から学校に引きあげてさ、秋の浜辺で基と二人になったことがあったワケ。あいつ、ポジションどこだったんだよ、って聞いてきた。センターやってたよ、って言ったら、ニヤリと笑いやがってさ。じゃあタックル屋だよな、ってさ。あいつもフランカーで、タックルばっかやってたみたい。

今度タックル勝負しようぜ、って言いながら、まだやったことない。だってオレ、大学生ん時左肩の靭帯切っちゃってるしさ。

その晩だけだよな、基とみっちりラグビーの話したのは。オレも会社にクルマ戻して、基も自宅にクルマ置きに行ってさ。大船のセコい居酒屋で落ち合ったんだ。センベロってての？　千円でべろべろになっちゃえる居酒屋、そんな感じの店。その日の夕方まで、ナガセさん、なんて呼んでたけど、すぐに完全にタメ語になったよね。タックラーとしてボールキャリアをどう仕留めるかって、一時間以上しゃべってた。

オレの頭の中では、垣内さんがわめいてたんだ。ツメろ！　相手の動きを読め！　ってさ。相手の目線を読め！　カカトの角度を見ろ！　あぁもう、げらげら笑う基にもヤんなっちゃうんだけどさ。あいつさ、三年の頃には相手ボールキャリアのランコース、全部読めてたぜって言ってたけど、絶対ウソ。

大磯東の子たち、どうやって強くしてやろうか、って、いい加減酔いの回った目つきで基は言うわけ。あの子たち、可愛かったしね。基はちゃんとコーチっていう立場でだったけど、営業に行くふりしてオレも結構大磯まで足延ばしたもん。

あ、ちなみにね、安いだけの居酒屋ばっかり行ってるワケじゃないからね。あんときは話すための場としてでさ。オレだっていい酒の味も知ってるし。どっから手に入れるんだか、基のウチに行くとさ、時々レアもののウマい酒があったりするしさ。そうだね、きっと、出所はヒロ先生だよな。

◆

ユーコさん。あ、今じゃね、もう学校の現場にいないときにはお友だち感覚なんだけどね。ガッコの先生っていうのは、彼女の天職なんだろうな。ちょっと心配になるけどね。ユーコさんの本音がどんなところにあるのか分かんないけど、いっつも生徒のこと考えてるもん。垣内さんとかさ、ユーコさんとかさ、基とは違う意味で馬鹿じゃないかなって思うよ。

肝心の、自分自身を見失わないでくれよって思うもん。

学校に出入りしてれば分かる。教頭とか副校長とか、肩書きのある先生にも挨拶に行くけど、定年間近のヒラの先生とかもいるわけじゃん。結構、魅力的な年配の先生、いるんだよ。もちろん、オレが接点持つ先生って運動部関係が多いんだけどさ。いつまでも教室とグラウンドで生徒と向き合ってるためにこの職業に就いたんだって、先生たち、口には出さないけど、その後ろ姿がそう言ってる。

学校は天国じゃない。先生も生徒も、いろんな思惑抱えてそこにいるんだよな。オレ、ちょっとだけ外れた位置で学校見てて、そう思う。誰だって、自分さえよければそれでいいって思ってるかもしれないけど、それで済むはずないじゃん。

勘違いしてる先生も生徒も、やっぱりいるしさ。しょぼくれちゃってる先生だって、ふてくされちゃってる生徒だって、やっぱりいるし。そこにいる自分を卑下しても誇っても、それは全部現実なんだよな。自分のことで精いっぱいになっちゃって、周りが見えなくなっちゃう。それはね、コドモもオトナも同じこと。

娘が生まれてね、のぞみって名前つけた。沙織はテツはこれだからって笑ってたけどさ、くちゃくちゃの、梅干しみたいな顔した生まれたての娘がね、こんなに可愛いって初めて知ったんだよ。そうだね、大きくなれば悩んだり困ったりもするだろうさ。でも、それでいいんだよって、言ってあげられる親ではいようと思ってる。今はまだ、よだれだらけの顔してるけどさ。断言するぜ。のぞみは、同世代ではサイコーの美人さ。

基は学部、社会学部だったんだってね。オレは経営学部だったから、リアルなんだかどうなんだか、おカネの世界のこと勉強したんだ。それで今、営業やってんだから、まあ真っ当な進み方だよね。

◆

基とは同じようにさ、ラグビー部だったし高校の同級生と一緒になったたし、似たような価値観を共有してる気はするんだ。でもさ、大学んときのオレは、体育会のラグビー部に迷わず入ったんだよ。体格があるわけじゃないし、花園に出場した経験もあるヤツらの中で、まぁ弱小公立ラグビー部出身だからね。コンプレックス感じないワケでもなかったけど、それなりにトップ目指したんだ。

そんな世界は、一発のぶちっていう音で終わったんだよね。菅平での合宿中、二年のときだった。左肩で入ったタックル。果敢なタックルを自分のウリにしようと思ってたんだけど、練習試合の相手がさ、オレの想像を超える推進力を持ってたんだ。多分、その瞬間、オレの意識ははるか彼方へ飛んでった。痛いって思わないんだもん。ただ、何かが終わった音がしたなって。垣内さん、ごめんって。病院に運ばれながら、お前、どうせならトップリーガー目指せよって笑ってた垣内さんの顔、頭ん中にあった。栄光のアスリートなんて、やっぱオレのガラじゃなかったんだな、ってさ。

そのころ、基のヤツは世の中のいろんな矛盾の世界を知りに行ってたらしい。当たり前に思ってた平穏な日常を保証されてない人たちがいるって気づいたんだって。基は詳しいこと話そうとしないから、オレには分かんないところもあるんだけどさ。差別の問題とか、一時、結構密接に世話してた障がい持った子もいたみたい。でもさ、そういうディープな話になるころって、大体二人とも相当アルコール回っちゃってたから、オレがいい加減なこと言っちゃダメだよな。

そういう意味では、あいつがフリーで働く道を探ったのも分かる。勤務時間とかって、やっぱ相当拘束される感じ、あるもんね。オレの場合なら、営業で遠方に行って直帰なんてこともあるけどさ。まだ基は、シビアな告発の文章をそうたくさん発してるわけじゃないけど、それに、無署名の下らない記事ばっかり書いてるけど。

やめた。このまんまだとあいつをホメちゃうからさ。やっぱ、馬鹿は馬鹿だって、言っとく。時たまだけど、サシでビールジョッキぶつけあう、黄金色のビールの泡の向こうに、笑顔の基がいる。そんな飲み友だちでいるだけが正解なんだろうな。

鳩笛　津島恵（つしまめぐみ）の場合

兄は、駐車場の隣の選果場で太棹の三味線を抱きながら言ったのだ。

私の顔も表情も見ないまま、ずっと年上の兄は。

恵、なぁは東京さ行げ。

毎日毎日、岩木山に見下ろされながら、私は弘前の高校に通っていた。城跡の桜も、林檎の花の甘い香りも、ねぷたの喧騒も地吹雪の中を進む車窓の通学路だって嫌いじゃなかった。高校生でいっぱいのローカル列車は、いつも俯いて文庫本を読んでいた私を、律儀に運んでくれたんだ。

兄はね、私なんかよりよっぽど優れた何かを持っている人だと思う。でも、自分に与えられたものを選びとって、実直に農業高校を出てから農業を営む道を進んだ。多分それは、農家に生まれた自分の運命に縛られたからではなかったと思う。一日の作業を終えて、夕食とともに一杯の酒でのどを潤したあと、選果場で粗末な椅子に座って太棹を抱く。糸に叩きつけられる撥（ばち）は、野太くて繊細な、粗野で情深い何かを、響かせていた。

兄は、生まれた風土の中でしか生きられない人なんだろうって、それはずっと後になって思ったことだったんだけれど。

そして私は、地元の国立大学に進む準備を重ねていたんだ。

家は兄が継ぐ。なら私は、学校の教師にでもなって自立する。そんな、リアルなんだか逃げているだけなんだか分からない未来をぼんやり思っていた。

東京さ行げ。

兄は、そうやって私の背中を押してくれた。

確かに、私は都市というものに強い関心を持ってはいたのだ。そう、ぺらぺらの、厚みのない都市というものに。ちっぽけな勉強机の脇に重ねられた何冊もの文庫本の、その背表紙のテーマから兄は私のことを汲み取ってくれたのだろう。

◆

盛岡で新幹線に乗り換えたら、世界が変わった。

こんな世界で、私は生きてゆくんだと、不安に押しつぶされそうになったのを今でも覚えている。だから、私は絶対泣かないと、思った。本当の私は、いつも不安の中にいて、自分でも気づかないうちに涙をこぼしてしまうのだ。

進学した東京の大学の入試は、まったく心配してはいなかった。入念な準備と心構えは、私のいつものことだったから。でも、イレギュラーなことには弱い。大学の入学式だとか入寮だとか、制服を着なくなる毎日とか。そんなこれからへの準備の中で、一切の田園のない街を歩きながら、異様に多くの人々の中で、誰一人知っている人がいない私は、奇妙な高揚を覚えてもいた。そうなんだ。御茶ノ水の駅からお堀を渡る橋の上で、神保町の古書店街で。メディアで知っていただけだった渋谷も、原宿も、新宿も歩いてみた。ここは自分の居場所じゃないって、どうにも言葉にできないままだったけど、私は東京を歩いたんだ。

だからかもしれない。日本史専攻の研究室の埃っぽい書架の間に、私は逃げ込んでいた。それで何かが分かるとも思えないまま。真面目な、地方出身の女子大生という、誰かにつけこまれるかもしれないという恐れさえ感じずに、引きつった顔のまま。多分私は自分を見失いかけてもいたんだろう。

横浜へのドライブに誘われたのは、そんな時期だった。シティボーイを気取っていた、もう名前さえ忘れてしまった男の子。おそらくは親に買ってもらった外国製の高級車の助手席に座って、でも自分をどうしていいか分からない私だった。男の子の下心なんて、想像もできなかったんだ。

でもね、私にだってプライドはある。誰かにコントロールされる屈辱は拒否する。どこかのグラビアで見たことのある街角で、私は分かったのだ。

私は消費される商品でもないし飾りものでもない。

第三京浜の高速の中では分からなかったそのことを、横浜の街角で私は分かったんだ。

自分の足で歩くこと、それは津軽だろうと横浜だろうと変わらないはずなんだ。手厚く守られてきて、誰かに頼っていることにさえ気づいていないその男の子に、私はかわいそうに、って思った。涙がこぼれそうだった。

ごめんね、ってつぶやいただけで、駅の階段を駆け上がった。関内駅の、あまりにもそっけないホームで、私は何本も空色の電車を見送った。次から次へ、時計なんか見なくてもやってくる電車を。大宮って書かれた行先を見ながら、その先には新幹線があって、ってやっぱり思った。

自分は、どこに立てばいいんだろう。そこで何をすればいいんだろう。そんなことさえ分かってない自分を持て余していたんだ。

だからそれから、それを探そうとして私は一人で街を歩いた。自分自身を突き放して、自分ではない何かを冷静に見つめようとは考えていたけど。

結局、漠然とした人間の集積が生み出す得体の知れないエネルギーに、人間は引き寄せられるんだろう。それが都市というものなのかもしれないと今は思う。

そうだね、遠くから見ていたら薄っぺらに見えた都市っていうのは、実は底知れない重層を秘めてたんだって、だんだん気づいていった日々でもあった。権力とかシステムとか、教科書に載ってる建前なんか、現実を生きる人間にとって邪魔なものだったりするし、それをしたたかにかいくぐって都市とそこに生きる人たちはあった。そんなことを少しずつ理解して行く日々でもあったんだ。

真面目なお勉強で分かることなんてたかが知れてる。生きてることとそれ自体が不思議な重みと軽薄さを織りなしている。そんな都市の中にある小さな人間のつぶやきや嘆きをすくい取る芸能でもある落語には、偶然に出会った。

◆

東京には、いつでも落語を鑑賞できる寄席が四軒ある。生意気なようだけど、あちこちに行ってみる中で私なりの好みもできてきたんだ。

新宿の寄席は、それは情緒ある建物だしすてきなんだけど、私は新宿という街にどうしても違和感を抱いてしまう。繁華街というありきたりな言葉じゃなくて、そこにいる自分にとってすごく無理やりな何かがある気がするから、私にとっての新宿は電車の乗り換え駅でしかない。池袋の寄席は嫌いじゃないんだけど、なんでかな、楽しいはずの場所なのに眉根にシワ寄せてる人が多いときがある。むしろお客さんの方が無理してるんじゃないかなって。

浅草はね、寄席よりその裏側の町の方に関心が行ってしまう。時の止まったような商店街とか、江戸情緒散歩っていうより、落語にも出てくる地名やお寺の名前とともに、そこにうずもれたままの名も知れない人々の小さな悲しみを想像することが多かったな。

日曜日の午前中に吉原をうろついてる女子大生って、やっぱり変だよねって思いながら歩いたりしたけど、投げ込み寺ともいわれる浄閑寺って、苦界に生きて死んだ昔の女性たちの総霊塔を前にしたときには、涙が止まらなかった。そう、浅草という現代の観光地でもある江戸の華やかさを思わせる地名には、同時に積み上げられた差別と屈折が今でも陰っている。

だから、落ち着いて落語聴きたいなって思ったときに行くのは上野の寄席だったよね。それは今も変わらないいんだけど。なぜなんだろう、もう新幹線のターミナルは東京駅になったのに、上野の駅には特別な匂いがする。

分かってたんだ。東京から、東北がどんな目で見られてるのか。でも、その東京だって、結局田舎の集積なんじゃないって。

いつ、その歌と出会ったのか、もう忘れてしまったのだけれど、『鳩笛』っていう歌がある。ふわっとした、でもしたたかに大地を踏みしめるような。津軽の情景が思い浮かぶ歌だ。そう、私も津軽の生まれだ。それを、誇るつもりも恥じるつもりもない。

ただ、その地に根を張って生きようとする兄と違って、私はそこから離れて自分を見つけようとしてるんだな、ってその歌を聴きながら思ったのだけはくっきり覚えている。

この国の端っこに支点を置きながらこの国のことを語ってみたいと、大学の大教室の端っこの席で講義を受けながら、そう思うようになっていた。例えば研究者になってディテールにこだわるよりも、広いスケールでそれができそうだなって、高校の教壇を目指したのは大学生活の後半にさしかかった頃だったか。教育実習には、故郷に帰るのではなく、大学のゼミの先輩に紹介をお願いして、その先輩の出身校の藤沢市の県立高校で受け入れてもらった。

知ってはいたよ、湘南ブランド。海の匂いがして、軽薄で、その場かぎりのカッコつけっていうイメージしかなかったけど。

でも毎日そこで過ごしてればね。実際は、泥くさい現実にまみれてるのは当たり前のことなんだ。そう、大学生活の最後の半年は、湘南の小さなアパートで過ごした。

日本史屋さんであれば、ヤマトタケルとオトタチバナの古事記の伝説の時代から、鎌倉の裏通りや戦国時代の後北条の小田原も、歩いてみた場所はたくさんある。走水神社から見渡した海の景色は、房総半島に遮られる。その向こうに何かがあるって思えば、行ってみたいって思うよね。そう、竜飛崎から北を見れば、北海道が見える。やっぱり行ってみたいって思うもの。

古代人だって現代人だって変わらない。人間が抱いてきた何かを知りたいって、兄が太棹に乗せていた何かを知りたいって。

落語で知った「大山詣り」とか「抜け雀」とか「茗荷宿」とか。葛飾北斎や歌川広重の描いた、ちょっと大げさな風景とか。波静かな浜に立って、延々と海を越えてこの沖にたどりついたペリーは、何を思ってたんだろうって久里浜の海岸で過ごしたこともあった。

なぜなんだっけ、あのときもなんだか私、泣いてたな。闇雲に鎌倉の街を歩いてて、由比ヶ浜に突き当たってから国道を足早に。

稲村ヶ崎の切通しから、不意に江の島の向こうに富士山が見えた。やわやわとすそ野がかすんでる、わざとらしいほどの、絵ハガキみたいな。ホント、馬鹿馬鹿しいくらいな。それは美ではなくって、現実でもあって、でもそこに、私自身が生きてる何かがあるのかもって、思えたんだ。私は、国道の歩道の上でうずくまってしまった。ジーンズの膝が、自分の涙でぬれていたのを他人事にように感じながら。

通りかかったジョギング中のおじさんが、大丈夫ですか？　って声かけてくれた。大丈夫です、でも大丈夫じゃないです。

私、自分のことが分からなくなってたんだろうな。何でも、準備万端に整えて失敗することなんてあり得ない自分。でも、いつだってそうやってむきになって胸を張りながら、自分自身にウソをつき通してる自分。

富士山は、遠くからぼんやりとこの地を見下ろしてる。私のことなんか、何にも関係なく。岩木山も私を見下ろしていた。すぐ近くで、でもやっぱり私のことなんか関係なく。ジョガーのおじさんには、立ち上がって無理やりな微笑みを作ってお辞儀をした。おじさんは安心したような、しわしわの笑顔を返してくれた。そう、これでいいんだな、って、私はそのときに思ったんだ。

妙にあっけらかんとして、屈託なくて、華やかさなんかなくて結構地味で、冬でもほとんど雪も降らないからなのかな、ヒトの多さはうっとうしいけどその分微笑みも多い気がする。お魚も美味しいし。

ここでおばさんになっていくのもアリかなって。だからこの地の教員採用試験、受けたんだ。

◆

初任の桂台高校は、そんな海辺のイメージからは程遠い、横浜南部のドライな進学校だった。新任教員だからかなんて、まったく斟酌なく、生徒たちは自分の受験に役立つかどうかで接してくる。最初に担当することになった三年生の選択科目では、受験のために受講している生徒がほとんどだった。覚える、という発想で授業を受けてる生徒たちに、私はどう言葉を発すればいいんだろうって、毎日思っていたんだけれど、長大な教育実習のさ中にあるようなプレッシャーもあったし、余裕はまったくなかった。

でもね、歴史は覚えるためのものじゃないんだよ、って。

今はテストの点数が第一かもしれないけど、過去に生きた人たちの息吹を感じ取れる人間になってね、って。メディアでは数値の成果やノウハウが喧伝されてるけど、同僚の中には卒業生が進学した大学の偏差値に執着する人もいる。目先の利益ばかりを優先する人もいる。でも人間って、そんなに単純じゃないよ。そういう思いを内に秘めながら、言葉を探しながら授業で話していたんだ。

一年遅れで着任したヒロは、おどおどしながら、くたびれ果てた先任の世界史の先生のボロけた席に座って、長身を折り曲げてた。

それにしても、世界史の先生って、欧米の歴史の専門家が多い気がするんだけど。そうね、滔々と市民革命語ったりするイメージだったんだけど。ヒロの専門は中央アジア。中国史やインド史やイスラーム史だったらまだメインっていうのも分かる。でもね、中世以前の、しかもシルクロードから外れた辺境を研究対象にしてたへそ曲がりってなんだろうって思ったんだ。

だから私は、ヒロにいろいろな論戦を挑んだ。私だって、日本史のメインから外れた土地に生まれた人間なんだし、って。でもね、ヒロは言うんだ。辺境なんてないって。生きているその地に根づいてる声や喜びや思いが歴史なんじゃないの、って。

ヒロの故郷は新潟。幕末の人口でいえば、最大数の人間を抱えていた越後の風土をヒロは切り捨ててこの地に来たんだ。それは私も同じ。冬の氷雪と炎熱の夏と、それぞれをともに知っている人びとが刻んできた歴史を、もっと知りたいとヒロとの会話の中で、思った。

高校一年の頃、社会科見学で三内丸山遺跡に行ったことがある。整った史跡公園の、その場所に立って、私は思ったのだった。

婆っちゃ、わだすは。

肩に添えられた節くれ立った手のひら。何度も聴いて全部覚えてる昔語りの、少しかすれた声。その胸元の、枯草のような匂い。恵はめんごいなぁ、って言ってもらえたくすぐったさ。

婆っちゃに添い寝してもらった夕べの、あの一時があったから私は私になれたとも思えるんだ。そんな、多分どんなに時が経ったってきっと変わらない子どもの胸のうずきを思った。

そこに、遠い昔にその地で暮らしていた、私のような子どもがきっといたんだ。教室から解放されたクラスメートたちの笑顔のほとりで、私は一人で立って、必死に涙をこらえていた。うん。悲しみでも追憶でもない。その場所に立っている自分がとってもいとおしかったんだ。

分かってもらえるかな。私、実はめちゃくちゃウェットな人間なんだ。でも、オトナになりながら異郷の地で、一人で立とうと必死にドライな都市史研究家の立ち位置を保とうって。視野狭かったよね。

ごめんね。私、論文書くときはそんなことないんだけど、自分のことになるととりとめなくなっちゃう。

◆

ユーコちゃんとは、境南工科高校で出会った。同じ教科の後輩の女性だし、男だらけの職場だからね。彼女はまだ臨時任用だったけど、上手くやっていけたらなって、最初は思ってた。

でもね、話してるうちに、なんか不思議な子だなって思うようになったんだ。自分が好きなことに一直線にのめりこんでいくくせに、まず自己否定から入るクセがあるの。ワタシって駄目だって、いっつもそれが前提になってる。

科目は違っても、同じ歴史学のヒトだからね。なんとなく分かりはするんだけど、肩すくめながら読んでるのがアリストファネスって、すっごいアンバランスな危うさも感じさせたっけ。

でも、どこかドライな空気を感じさせるのはこの地に生まれた人ってそうなのかもな、ってユーコちゃんからはそんな匂いがした。

横浜だって観光スポット以外にはなんにもないし、それこそ鎌倉だって意外に地味だし、逆に横須賀だって藤沢だって平塚だって小田原だって、ものすごくクセあるよね。何にもないくせに、でも自己主張失わない逗子とか葉山とかって、不思議でしょうがない。葉山高校出身のユーコちゃんにしみついてる匂いって、やっぱりそれと同じなんだなって、他所者の私には分かった。

境南工科高校はね、学問的な雰囲気じゃないし、生徒は授業が終わったらアルバイトに散っていっちゃうような学校だったのね。問題抱えた子も少なくなかったし、生徒指導のための臨時職員会議も繰り返しあったしね。時にはとんでもなく時間かかった会議の後、むしろそんなときだからかもしれないけど、彼女とは歴史学にまつわるやり取りを繰り返したりした。今から考えると、彼女の採用試験の勉強時間の妨害しちゃってたかなって。まぁ微笑みとともに思えるようなことなんだけど。

ユーコちゃんは、採用試験に合格したとき、溜息つきながら受かりましたよ、恵サンって、報告してくれた。私は、あっそ、よかったねって軽くいなした。それ以上コメントしてたら、私泣いてたから。そんなの、私じゃないから。

彼女の最初の赴任先は大磯東高校だったのね。横須賀に住んでるユーコちゃんには遠い学校だけど、それはまた、独特の色を持った町の学校だなって、でも、お似合いかもねって。

同時に横浜の紅葉が丘高に異動した私に、ユーコちゃんは結構頻繁に連絡をくれた。絶対メールとかじゃないの。声聞かないと不安なんですよ、って、甘ったれんなとも思ったけど。でもね、彼女のパートナーの基くんと、大磯東でラグビー部復活させてったストーリー、電話口で聞きながら私、笑いながら泣いてた。

基くんはさ、ユーコちゃんと逆で、まず肯定から入るのね。ポジティブっていうかお気楽っていうか。でも、世の中の弱者に向ける温かい眼を忘れない。それは、私が気づかされてきたことにも通じてる。

基くんはね、ユーコちゃんも同じなんだけど、いっつも前を向いてる。目尻のシワがヒロと同じだなって。きっとお爺さんになるまで、二人ともオトコノコのまんまなんだろうなって。

ヒロの教え子でユーコちゃんの親友になったバルちゃん。その手料理を味わいながら、そのたびに、私は基くんたちの家で、彼のお父さんの膨大な本を詰め込んだ書棚に背中をあずけながら目を閉じてみんなの声を聞いてたんだ。

恵さん、また自分の世界に入っちゃったよって、聞こえてたよ。私はみんなと一緒にいたよ。

変なサロンみたいにね、いつの間にかなっちゃってた。基くんの友だちになった緒方くんとかパートナーの沙織さん。二人の間に生まれたのぞみちゃん。ユーコさんのご近所さんでお友だちになった相澤日見子さんとか。

私とヒロが住んでる逗子の、お気に入りのコーヒーショップのマスターが日見子さんのパートナーだって知ったときには大笑いしたくらいに驚いたけど。そんな、柔らかな笑顔でお話しする時間が、だんだん宝物になっていった気がする。

そう、私にはもう一つの根っこが生えてたんだ。

鳩笛に、唇を寄せる。思い出が雲と流れる。

ねえ、ヒロ。優しいメロディーを一緒に歌える子どもが、私たちの間にいてもいいなって、私、ようやく思えるようになったよ。

ちはやふる　むかご家文太郎（佐伯淳）の場合

ええ、たくさんのお運びをいただきまして、御礼を申し上げます。しばらくのお付き合いをいただければばと、はぃ。

われわれの方は、毎度この、馬鹿馬鹿しいお噺を申し上げてるんでございますが。われわれとおんなじに、話を聞いてもらってナンボという仕事に学校の先生てぇのがありますな。えぇ、あたしも一応学校てぇのに通ったこともございますが、今考えるとしみじみうらやましいもんです。

学校の先生はいいですよ。まあ一生懸命お勉強なすって、がんばって試験受けたりしてね、えぇ、尊敬できる人たちなんでしょうが、自分ががんばってきたからって、生徒もおんなじようにがんばれるわけじゃあないんで。

あたしなんか、えぇ、学校時分、先生の無駄話ばっかりしか聞いてませんでしたからねぇ。そんでまた、余計なこと言って先生にしかられたり。教科書だとかなんだかこのぉ、貼り出したりするもんだとかね、今はその、パワーなんたらっていう、コンピュータで映像だとか資料だとかが見せられるてぇんですが、われわれの方は、この、座布団の上に座ったきりで、使えるのもこの、手ぬぐいに扇子だけなんで、えぇ、不自由なものでございます。

講釈師、見てきたようにものを言い。なんて言いましてね。われわれの言うことを真に受ける方はいませんでしょうが、講談てぇ芸は大真面目に正面切って申し上げますんで、話に説得力がございます。そのせいでしょうか、講談の方では先生てぇますね。まあ、歴史語り。昔の庶民は、講釈で歴史を知ったようなところがありますから先生てぇ言い方も似合うのかもしれません。

笑いたいってぇ方ばかりじゃなくて、こう、噺聞いて知恵をつけたいてぇ方も時々はいらっしゃるようで、こないだなんかぁ、あたくしの噺聞きながら一生懸命メモ取ってる方がいらっしゃいましてね。まぁ演りにくいったらありゃしないんで。えぇ。一心不乱なんですから。耳と手元に意識が集まってるから、演ってるあたくしとその方、まったく目が合わないんですよ。噺の切れ間にはサラサラってペンの音がするんです。あれで、楽しいんですかねぇ。まあ、好きでそうなすってるんだから、楽しいのかもしれませんが。

で、思うんですが、手前勝手な言い方になってしまうんですが、人間てぇのは、本当は話聞くの、好きなんでしょうなぁ。わざわざ交通費使って木戸銭払って、こうしてお客様、寄席ぇいらしてくださるんですから。あぁ、もう入っちゃったんだから、お客様方、手遅れですよ。

まぁ、人にものを教えるような立場になれば、それは知らねぇなんて、言いたくないこともあるようなんで。

◆

ご隠居さん、いますか？

あぁ、八っつぁんかい。お入りよ。今日はなんだい。

へぇ、ちょっとね、困ったことがありましてね。きょう日、学校てぇのも困ったもんですねえ。

どうしたんだい？

いえね、うちに一人、あまっちょのガキがおりますでしょ。

なんだい乱暴な言い方だな、ちいちゃんは、もう何年生になったね。

なんだか知りませんがね、最近学校で、とんでもねえ遊び、覚えてきたんで。

なんの遊びだい？

札なんです。

札って、トランプかい？

いえあの、絵が描いてある。

まさか花札じゃあないだろうね。

いえ、そっちに夢中なのはあたしなんで。花じゃなくて人が描いてある。んで、なんかこう、読み上げるとねぇ、ハイハイって、札を取り合うあれ。

ああ、百人一首じゃあないのかぃ。

それなんですよ。それでね、先生がね、一人ひとつっつ、歌の意味を調べてきましょうって、宿題を出したてえんです。

ほう、どんな歌を調べるんだい？

えーとね、ちぃ坊に書かせたのがあるんで、えぇ。ち、ち、ちはやふるぅ～、か、か、かみよもきかずぅ、たつ、たつ、たつたがわぁ、からくれないに、みみずくうとはぁ～、てんで、ミミズなんか食うんですかねえ。

なにを言ってんだい。ミミズ食う、じゃなくて水くぐるとは、てえんだ。

へぇ、で、どんな意味なんで？

あー。だからね、千早振る、てぇんだ、だから、神代もきかねえんだよ。で、竜田川じゃねえか。ねぇ、からくれない、ってえから、水くぐるんだ。そういうこった。

へ？

だからね、千早振るんだよ。いいかい？　で、神代もきかねえんだよ。竜田川、って、えぇおい、この竜田川ってえのはなんだと思う？

いいえ、わかんねぇから聞きに来たんですから。

いやだから、わかんねぇなりに、なんだと思うてぇんだ。

たつた、ってえと、揚げもんですかね。チキンですかい？

江戸の昔に唐揚げなんてあるもんかい。じゃあ、この川ってえのはなんなんだい？

鳥肉には皮は付きもんで。

お前さん、まだサゲには早すぎないかい？

ご隠居さん、楽屋落ちはいただけません。

そうかい。まあ教えてしまえば、竜田川てぇのは江戸時代の関取の名前だ。

関取？　相撲取りですかい？　聞いたことがねえなあ。

まあ、昔の関取だからな。でもこれが、なかなか強かった。田舎から出てきて入門するときに、なんとしても出世してやろうてぇんで、断ち物をした。

手品かなにか？

出し物じゃぁない。断ち物だ。なにかに願をかけるときに、やれ茶断ちだ酒断ちだと好きなものを断つことがあるだろ。

あぁ、なるほどねぇ。で、なにを断ったんで？

女を断った。

そんなの珍しくもねぇやぁ。うちの裏の半公なんて、ずっと女断ってるよ。生まれてこの方、三十二年断ったまンま。

そりゃあお前、半ちゃんがもてない上に金がないだけのことで、願かけしてるわけじゃなかろうよ。

で、その竜田川ってのはどんな取り口なんです？　あっしはね、どーんと真っつぐ突き押しで行くようなキップのいい取り口が好きですがねぇ。

それは、まぁよく知らないんだけどね。

そんなぁ、ご隠居さん、さっきなかなか強かったなんて言ってたじゃないですか。

まあいいじゃぁないか。願をかけたかいがあったのか、とんとーんと出世して大関にまでなった。

大関ねえ。横綱にはなれなかったんですかい？

それが江戸時代の話だ。江戸時代は大関が最高位だったんだそうだ。

じゃあ、頂点を極めたてぇわけですね。

そうとも。で、出世を果たした竜田川はあるとき、もう断ち物をすることもなかろう、出世のご褒美だてぇんで、ごひいき筋に連れられて吉原へ行ったんだ。

吉原へねぇ。

あたしも戦後の生まれでね、吉原てぇのがどんなところだったのか、話にしか知らないが、あの時分にはずいぶんとまぁ、華やかなところだったらしいなぁ。それでな、おいらん道中てぇのがあったてぇんだが、すがきてぇ三味線が鳴らされてな。おいらん衆が通る。その中でひときわ美しかったのが千早太夫といった。

いい女だったんですかい？

太夫を見たとたん、竜田川がぶるぶるっと身震いをするほどだ。巨漢の竜田川が震えたもんだから、茶屋の建物も震度6弱くらいに揺れた。でな、こんなに美しい女がいるなんて、ぜひ一度話なりとしてみてぇもんだと頼んだんだが、千早太夫は、わちきは相撲取りなどでありんす、てんで断っちまった。

そりゃ残念だ。

じゃあせめて、妹女郎の神代はどうだてぇんで話したんだが、姉さんの嫌なものはわちきも嫌でありんす、って、竜田川振られてしまった。

ほうほう。

もう分かっただろ。

へ？

歌のわけだよ。

え？　ご隠居さん、歌の説明だったの？

そりゃそうだ。いいかい？　千早振る、だろ。出世した竜田川が千早太夫に振られたてぇことだ。妹女郎の神代も言うことをきかなかったから、神代もきかず、竜田川てぇんだ。

おどろいたねぇ、こりゃ。そ、その後はどうなってるんで。

竜田川は、引退して豆腐屋になった。

そりゃおかしいでしょご隠居さん。おいらんに振られたからって、最高位まで昇った人が相撲取りやめなくてもいいじゃあないですかぁ。酔っ払ってだれかなぐっちゃったりしたとか不祥事おこしたわけじゃないんでしょう？　普通、親方衆になって土俵際に座ってさ、ただいまの協議についてご説明します、かなんかやったりするんじゃないんですか？

ねぇ、ご隠居さん。なにも豆腐屋ンなんなくたって。

いいだろう、本人がやりたいってぇんだから。んン、まぁ、故郷に帰って親代々の豆腐屋を継いだんだ。それで三年の月日が経った。ねぇ。元大関だ。力も強い。豆腐を商うったって、一時に運ぶ量がちがう、量が。親父の代には傾いてた豆腐屋だったが、あっという間にあっちのスーパーこっちの和食屋へと商いが広がって、豆腐屋を見事立て直し、三年の間に自社ビルまで建てちまうってぇ勢いだ。

驚いたねぇ。自社ビルなんて三年で建つもんかねぇ。大体江戸時代にスーパーとか自社ビルってのも。

まあお聞きよ、言葉のアヤってのもある。その三年目のある日の朝、朝ぁ早くからの仕事が終わって一息入れてる竜田川の前に、みすぼらしい女が一人やってきた。もう寒い時期なのに、ぺらぺらの単衣もの一枚でぶるぶる震えてる。もう一人では立っていることもできないほどに弱って杖にすがりながら、お願いでございます、てねぇ。

物乞いなんで？

あぁ、竜田川の後ろで湯気ぇ立ってる卯の花、おからだな、それを少ぅし恵んでくれませんか、もう三日もものを食べておりません、と、こう言うんだ。

まぁねぇ、うちのガキがもりもりメシ食ってるのを見るってぇと、こちとらのスネが細る気もするけどねぇ。ものも食えねぇってのも切ないもんだねぇ。

でな、竜田川も哀れに思って、どうぞお好きなだけおあがんなさい、と、その女の顔を見て驚いた。

誰なんで？

誰あろう、かねて吉原一のおいらんとうたわれた千早太夫のなれの果て。

え、いくらなんでも、そりゃおかしいやご隠居さん。たった三年ですよ。吉原一のおいらんだったたんでしょ。それが物乞いにまで落ちぶれるってぇのはおかしいや。

いや、ちゃんと理由はある。あのあと千早太夫はとあるお大尽に身請けされたんだが、そのお大尽が破産しちまったんだな。千早もそれをきっかけに悪いことばかりが重なって、しまいには物乞いをして歩くようにまでなったてぇんだ。

そんなもんですかねぇ。でもねぇ。

その顔を見たとたん、竜田川にはあの晩の悔しい気持ちがこみあげてきてなぁ。おのれ千早め、あの時お前がおれを侮ったことが、大関の地位を投げ捨てるもとになったんだ。お前なんぞにくれてやる卯の花はねえぞっ、と千早の肩先をトーンと突いた。片や元大関、片や落ちぶれてやせこけた女だ。千早はぽーんと飛ばされて、井戸のほとりに転がった。その井戸の縁につかまって立ち上がった千早は、なにを思ったのか、うっすら笑うと井戸の中に身を投げた。

ええ、それで？

終わり。

なにが？

この話は終わりだてえことだ。

ご隠居さん、よく分からねぇんですが、その因縁で夜な夜な井戸から千早の幽霊がってぇ話じゃねえんですか。

幽霊は出ない。これでおしまい。

でも……。

でももストライキもない。いいかい、豆腐屋になった竜田川に、千早は卯の花を、おからをくれって言ったのに、おからをくれない。だから、からくれない。

え、まだ歌の話だったのかい？　それに、でももストライキも、なんて、いつまでも昭和引きずっちゃってさ。

お前は歌のわけを聞きに来たんじゃあないか。それで井戸に飛び込んだから水くぐるとは、てぇんだ。はい、おしまいだから帰ぇんな。

ちょっと待ってくださいよ、ご隠居さん。水くぐる、って飛び込めばそうかもしンねぇけど、最後にくっついてる、とは、てぇのはなンです？　水くぐる、までは無理にでも納得しましょう。えぇ。で、とは、てぇのはなんです？

いいじゃあないか。とは、ぐらいまけておきなよ。

いやほら、こちとらガキに教えてやんなくちゃなんねぇんだから。ねぇ。教えてくださいな。

う〜ん。よく調べたら、とは、ってえのは千早の本名だった。

お後と交代でございます。

お先に勉強させていただきました。ありがとうございます。

◆

そうですね、噺家の道に入ったのは、大学生時分の気持ちでございますね。いえ、落ち研には入ってません。こう見えましてもね、高校生の頃なんかはラグビー部だったんですよ。根っからおしゃべりな性分でしたんでね、運動部、苦手だったんですけど。で、高校に入って選んだ部活は文芸部だったんで、はい。

もともとＳＦ小説が好きでね、翻訳の名作から日本の作家さんまで、まぁ夢中になって読みあさりましたな。漫画もね、名作たくさんありますよ。さすがにマネはしませんでしたが、頭の中にはキメ台詞がうずまいたりしててね。読んでるとね、イマジネーションは広がるんですがね、なかなか落語には生かせないンで。まぁそれはあたくしの力量の問題なンですけど。

いろいろ知ってるのはね、いえ、ウチの親父の蔵書なんですよ。とにかく本を買ってきちゃう親父でね。自分でどのくらい読んでたのか分かりませんが。でもまぁ、息子としてはありがたかったのか迷惑だったのか。

何しろ、一年中同じ恰好してて、靴のカカトなんかすり減ってナナメになってるのに、本屋と酒屋にしか寄らないって親父でしてね。死ぬときは本棚で圧死するのが夢だって。

まだ、生きてますけど。

だから文芸部ってんですが、他の部員は全員、まぁ失礼な言い方になっちゃうんですけど、暗い目の女の子ばっかりで、しかも文芸って言いながら目玉が異様にでっかい女の子のイラスト描いてるってぇ。ため息ついてましたらね、同じクラスの女の子に海老沼さんていう、まぁ仲間内じゃァえびちゃんてぇんですが、ラグビーやんない？　って誘われましてね。

冗談半分に練習に行ってみたんですよ。それでハマりましてね。

何しろ、しゃべれしゃべれって。

あたくしの常識ではね、運動部って、寡黙にストイックにっていうのが当たり前だと思ってたわけです。そんなの、合わねぇよなって思ってたんですね。でもね、まだまだ人数不足の弱小ラグビー部ではあったんですけど、ストイックのかけらもない。もちろんきっつい練習とかもあったんですけど、顧問の女性の先生がね、和泉先生っていうんですけど、いっつもニコニコしてて。

練習中でも試合でも、しゃべればしゃべるだけほめられるんですから。こうしたらこうなるだろうなって、思ったことがそのまま口から出てくるのがあたくしの性分ですからそのまンまにしてたら、キャプテンの足立さんって、先輩がやっぱりホメてくれるんですよ。少しはモノ考えてしゃべれよって言われたことはありますけどね。自分がこうしたいなって思ったことはそのまんまでいいなんて、居心地悪いはずもないじゃないですか。スクラムハーフって、ちょっとカッコいいでしょ？

コーチしてくれた基さんてぇヒトもね、ラグビーの理屈は、それはスジ通ってるし納得もさせられるんですけど、説明の言葉の中に、必ずくっだらない駄洒落とか入れるんですね。すいません、そのいくつかをあたくし、高座でパクッてますが。

なんとか大学ぅ入りましてね、さすがに上のレヴェルでラグビーやる度胸もなかったんですけど、上野のねぇ、国立博物館に行ったことがあったんですよ。殊勝な気持ちで勉強に行ったワケじゃありません。レポート一本でっちあげようって、さもしい根性でね。その帰りですよ。広小路ぶらぶら歩いてたら、鈴本演芸場って、ああ、こんなとこに寄席ってあるんだって、思いましてね。

その芝居のトリだったのがウチの師匠です。下りてくる緞帳の下で、座布団外して深々とお辞儀するときに、時折客席に向ける目が凛々しくてカッコよくてね。でもね、一念発起して師匠の所に入ってから。あぁ、えぇ。何度も断られましたよ。こっちもちょっと意地になってしつこく頼みこんだんですが。

弟子になってからの方が、ラグビー部やってたころよりよっぽどキツかったんですよ。これはこうしなきゃいけない、ってことが山のようにあったんでね。噺家の世界に入ったらもっと自由にしゃべれるようになるのかと思ったら真逆でしたね。お客様の目も、厳しいンです。どんな高座だって手抜きなんかできませんよ。あたくしなんかはまだまだ未熟な二ツ目なンですから、しゃべることの楽しさも難しさも、分かり切ってないンだなって、思いますよ。

さっきの高座でも、学校の先生のこと、触れましたでしょ？　今日の客席にもいらしてるんですよ。あたくしの一番厳しいお客様が。

和泉先生の師匠筋、ってガッコの先生に師匠もなにもないんでしょうが、津島恵先生って、江戸文化の研究者の日本史の先生と、その連れ合いの若月広之先生って、アジア史の専門家の方。このヒロ先生ってぇ方ぁ、中国やトルコの笑話の宝庫みたいな方でしてね。「醒睡笑」とか「ナスレッディン・ホジャ」のお話とか。あたくしもいろいろと教えてもらったんですよ。恵先生からはね、幕末から明治の、あの大名人三遊亭圓朝師匠の話を。

冗談じゃありませんよね。比べないでくださいよ。

その二人の横にユーコ先生、あ、和泉先生ね。それになんでえびちゃんが一緒にいるのか分かんないんですが。ええ、高座からね、お客様のこと結構見えてるんですよ。

絶対、楽屋から出たら恵先生が待ってます。

時に、師匠よりコワいですから、笑顔の恵先生って。

笑いながらバッサリ斬りつけてきますからね。正直、今日の高座でもいくつか失敗したところはあるんですけど、こっちが自覚してないところを斬ってきますから。

「夢の酒」とか「王子の狐」とか、演ってみたい噺もあるにはあるんですけどね。だって他人の夢に入りこむとか人間が狐を化かすなんて、ファンタジーじゃないですか。落語のすごいところはですね、例えば「あたま山」なんて、どんな妄想描けばあんな噺思いつくんだかって。いつかね、ファンタジー感じさせる新作も作ってみてぇなとも思うんですけどね、えぇ。試しに作ってみたこともないわけじゃないんですけど、なんだかどんなお話つくってもどっかで読んだことあるようなもンになっちゃってね。

だからね、客席にあの顔見ると、勇気出てきません。言ってやりたくはあるんです。あたくしが名人って言われる頃には、恵先生はもう墓の中だろって。

何が返ってくるのか、恐ろしくて絶対言えないンですけど。

あ、前座さん御苦労さま。着物たたんでくれたんだね。

でもなんだかね、ひと仕事終えたのに、処刑されにいく気分って、どうなんでしょうかね？

それでも　いいよね

小山朱里(こやまあかり)の場合

お母さんは甘ったれだった。

なんでもかんでもお父さんに頼りきって、自分でものを考えること、止めちゃってるんじゃないかって思ってたの。小学校の、そうね、高学年になるころのことかな。すっごくお父さんのことがキライになったころがあって。

キライって言ったってね、鼻毛が出てるとかオナラが臭いとか、そんな、どうでもいいことだったんだけど。

あたしね、もともとはお父さん子だったんだ。日曜日とかにさ、胡坐かいてお父さんがテレビ見てると、そのヒザの間に入りこんでぬくぬくするのが好きだったんだよね。それでね、テレビ台の下に並べてあったのが、あたし専用の小さな絵本。『うらしまたろう』とか『花さかじいさん』とか、そんな他愛のない絵本だよ。一番好きだったのが『かぐやひめ』で、今でもその可愛らしいかぐやひめの絵、はっきり覚えてる。

お父さんのアゴの、日曜日ならではのチクチクするヒゲとか、遠くから漂ってくるようなかすかなタバコの香りとか。そんな中で読んでもらう、それこそ子どもだましみたいな、キレイなだけの絵でできてる絵本なんだけど、お父さんの声を聞いているだけで満足だった。お母さんも、そんなあたしたちを見て、なんだか微笑んでたな。幼かった頃のあたしの家、幸福な家族の肖像そのものだったみたい。

そんな両親を突き放して見るようになったのはなぜなんだろう。

控え目で家族のためを思っているお母さん、でも、主体性もない受け身なだけのお母さん。おおらかで働き者のお父さん、でも、無趣味で世界の狭いお父さん。

◆

あたしが中一の夏だった。クルマで移動するのが普通だったんだけど、電車にしたのは、予感がしたのかもね。

電車で旅行したんだ、家族三人で。あたしは、夏休みのその出発の朝まで、ぐずぐず言ってたんだよね。もう、家族旅行とか、気恥ずかしいって思ってたんだね。行先は、群馬県の温泉だったの。お父さん、張り切ってたのかなとも思ってたんだけどさ。

もう子どもじゃなくなるあたしとの、最後の家族旅行だと思ってたのかもしれないね。だから実はちょっと無理してたんだって、それは後から分かった。東京駅まで、グリーン車に乗ったよ。二階の、普段よりちょっと高い位置からの眺めは新鮮だったっけ。東京からは新幹線でね。

なんていう温泉かは覚えてない。年中テレビに出てくる草津とかじゃなかったと思う。周りをぐるっと、山の景色に囲まれた静かな宿だった。そこに、二泊したんだ。

普通さ、子ども連れで旅行に行くっていうとさ、アクティブな活動を組み込んだりするじゃない。でもね、そのときのお父さんはノープラン。間の一日だって、あたしお母さんと宿の近くを散歩してるだけ。お父さんどうしちゃったの？　って、川のほとりを歩いてる時にお母さんに聞いたんだ。お母さんはさ、お父さん疲れてるみたいだね、ってうっすら笑ってたんだけどさ。

もちろん夏場だから、宿には他のお客さんも泊まってるし、ロビーのお土産とかの売店の所にも人が結構いたしね。あたしも自意識過剰なころだったから、お風呂入るタイミングとか、すっごく気ぃ使ってたんだ。渓流沿いの露天風呂とかさ、いい温泉だったとは思うけど、あたしの方が勝手にトゲトゲしてたのかな。リラックスしてた記憶はあんまりない。もっとも、帰りのお父さんのことで、すべてはそこで飛んじゃったんだけど。

お父さん、高崎駅で新幹線に乗り換えるっていう電車の中で倒れちゃった。

あ、悲劇の始まりじゃないからね。お父さんは今も無事に生きてるし。

でもね、十二指腸潰瘍だったんだね。網棚に乗せたキャリーケースを下ろそうとして伸びあがったときに、なんだか負荷がかかったみたいで、その場にくずれ落ちちゃったんだ。人が倒れるなんていうの、初めて見るどころか、それが自分のお父さんだなんて。

お父さんが死んじゃうって、本気で思ったもん。お母さんだって、そんなお父さんの姿を見たくないのは分かってたけど。逃げ出したいって。でももう自分がなんとかするしかないんだから、必死だっただろうね。駅員さんに救急車呼んでもらって、縁もゆかりもない高崎市内の病院に入院することになった。

一緒にいたってどうしようもないし、あたしは一人で帰ることになったんだけど、電車のことなんか分かんないし、どうしようって。小田原行きがあった。そう、今ならね、湘南新宿ラインなんていうことも知ってるけどさ。乗ってれば地元に着くんだって思って、延々と何時間も電車に揺られてた。

聞いたこともなかった町の名前をいくつもいくつも聞きながら、これでいいのかなって、ずっと思ってた。横浜過ぎて大船過ぎて、相模川渡る鉄橋の上で、自分ちの玄関のカギ、ぎゅっと握ったの、今でも手の感触が覚えてるよ。心細さはちっとも収まらなかったけど。

それから、お母さんの二重生活がしばらく続いた。お父さんの潰瘍からの出血が少し治まるのを待って、地元の病院に転院するまで。

もちろん、中学生のあたしにできることなんてなくて、お母さんが高崎の病院に行ってた夜なんか、コンビニで買ってきたご飯食べながらテレビ見てるしかなかった。笑える気分じゃないしね、シリアスなドラマなんて、余計にヤだったし。BSの音楽番組ばっかり見てたんだよね。歌手とかアイドルとかじゃなくて、自分たちの音を持ってるバンドが好きだったな。ヴォーカルの女の子が個性的で、独特のメロディーライン持ってる何組かのバンド。そうね、女の子らしい高い声より、なんだか低音でたたみかけるような歌い方が好きだったかも。

まださ、スマホ持ってなかったから、テレビで追っかけるしかなくてさ。

◆

新田ありすっていう同級生がいたんだ。たまたまなんだろうけど、中学三年間ずっと、おんなじクラスだった。中一のとき、クラスの名簿見てて、ありすなんて、カワイイ名前だなって思ったんだけど、本人はいっつも無表情で無言で、誰とも付き合う意思ありませんって、そんな感じだった。

ムキになったわけじゃないよ。彼女の扉こじ開けようとか、そんな意図はまったくないんだけど、銀ぶちの眼鏡かけたありすの、何かが魅力的に思えたんだよね。

そう、どうにも言葉にできないんだけど、内に秘めてる個性が、ありすの場合、分からな過ぎたんだ。あたしの好奇心は、ありすのこと知りたいって思ったんだろうね。話しかけたってありすは扉、開けてくれなかった。でもね、この子ともう少し一緒にいてみたいな、って、なぜか思ったんだ。

高校、どこ行くの？　そんなこと、中三のころに聞いてみた。だってありす、成績すっごく良かったし、こんな子はどんな進路考えてるのかなとも思ったし。

そしたらね、地元の学校の名前だった。あたしも、なんとか大磯東なら届くかなっていうとこまではいってたから、ありすと一緒にって、大磯東に行くためにがんばったんだよ。でね、予想外の展開になっちゃったんだ。

よくさ、子どもの頃におばあちゃんをお世話してくれた看護師さんに憧れて、看護師になりたいと思いました、なんて、志望の動機の典型みたいな受験情報誌の記事あるじゃん。あたしの場合はお父さんのお世話してくれた看護師さんの、じゃないワケ。

だって、お父さんの入院中のことなんて、まったくタッチしてないもん。お父さんは強がって、自分が弱ってる姿をあたしに見せたくなかったみたい。お父さんがそう言えば、お母さんは従うヒトだからね。

でも、あたしが看護師って思ったのは、お父さんのヒザ。

幼いころに感じてたお父さんのヒザの間のぬくもりとか、もう一つは、テレビの画面で見てたバンドのフロントに立ってる女の子がリズム取ってる脚だとか。

お風呂入ってるとき、自分のヒザから先のカタチ、じっくり見てたこともあるよ。足首ぐるぐる回したりしてさ。

変だって、自分で分かってるって。足フェチって言われちゃうかな。でもね、人間でも動物でも、腕とか脚とかってシンプルで独特の機能美があると思うんだよね。

整形外科の看護師になる。そう決めてた。自分で決めたってそうなれるのかどうかは分かんないけど、最大限の努力をしようとは思った。大磯東はさ、毎年何人か、看護系の学部に進学してるし、おとなしく勉強してればそのルートにも乗れるかなって思ってた。

でもさ、なんなのあの部活の多彩さ。

あたしはね、あたしなりの美意識で清潔を保とうと思ってただけなの。でもそれは、地味さを求める大磯東では派手目なスタイルだったんだね。ちょっと目立っちゃったみたい。そこに近づいてきたのが海老沼美由紀っていう先輩だった。ラグビー部のマネージャーって、そういうのもいいかなとは思ってた。怪我の手当てとかあるからさ。

でもね、高校時代ぐらい、ちょっとお気楽でもいいかなって、バンドのヴォーカリストの真似することも考えてたんだ。

そしたらびっくり。ラグビー部の顧問の先生は若手の美人だしさ。それにそのユーコ先生も高校生のときバンドやってたって。どうしてこんな先生が泥くさいラグビー部なんてやってんのって、思ったもん。

ラグビー部はね、楽しかったよ。ただね、毎日毎日部員のみんなのあちこちにテーピングしてただけのような気がするけどさ。あたしの興味は人間の肉体の機能性なんで、目一杯、そうね、多分みんな、その時点での百パー以上の、身体張ってる選手のパフォーマンスは、ある意味美しかった。なんか、誤解招いちゃうような言い方だけどさ。でも、生き物としての人間の限界へのチャレンジなんて、感動もんじゃない？

それにさ、ラグビー部の先輩にギタリストが二人とベーシストとドラマーがそろってるなんて。あたしのこと待ち構えてたみたいじゃない。それはね、普段の部活じゃあ生真面目なケータ先輩と無口ななごみ先輩はさ、スタジオ入ると口喧嘩ばっかしてるし、澤田先輩はグラウンドじゃあ大声で指図してるくせにマイペースそのもの。ワッサ先輩のベースはいっつも遅れ気味だし。

聴いてた人には、なじみのない曲だったよね。二年生の文化祭でラグビー部の先輩たちと演ったナンバーって、ぜんぶユーコ先生のオリジナルなんだよ。まぁ、正確に言えば、英語の詞はユーコ先生のオリジナルで、メロディーの方はユーコ先生と高校時代の同級生の合作だったみたい。リズムのアレンジはユーコ先生のパートナーの基さんが作ったものなんだって。基さんはラグビー部のコーチもしてくれたんだけど、なんなのかなあの人たちって、ちょっと思うよね。なんでもかんでもヒトの先回りしてさ、年上だからって面白そうなこと。まぁ、それが先輩ってものなんだろうけど、それにさ、そんなの乗り越えちゃえばいいんじゃないかな、後輩としては。

ケータ先輩はさ、そんなこと絶対口にしないけど、基さんのこと、ホント尊敬してると思うよ。自分が大好きになってやりたいってこと、ぜぇんぶ基さんが先にやっちゃってるんだもん。でもね、ケータ先輩のいいとこは、やっぱかなわねぇなって思ってもそれと違う自分を探そうとしてるとこかな。

文化祭で演ったの、実は全部で五曲あったんだけど、そのうち四曲を演らせてもらったんだ。個人的には「キャンディ」っていうきゃらきゃらしたメロディ、好きなんだよね。リードギターやってくれたなごみ先輩は、「グリーンエア」っていう曲のソロが好きだったみたい。なんで、みたい、なんて言い方になるかっていうと、本人がそう言ってたんじゃなくて、練習のたんびに中身が変わってて、その都度テクを向上させてたから。もう一つ、演らせてもらえなかった一曲は「エピローグ」っていうんだけど、ユーコ先生はこの曲を唄っていいのはワタシだけなの、って、そう言ったまんま顔赤らめたんだ。いい歳してって思ったけど、なんでなのかな。

ユーコ先生との縁は、高校卒業後も続いたんだよ。あたしもね、がんばったんだ。横須賀にある公立の大学の看護学科に、なんとか現役で入ることができた。でもさ、やんなきゃなんないこととか実習とか、まぁ、命にかかわる仕事だからね。その分、ハンパじゃなくて。

ユーコ先生って、この距離を毎日通勤してたんだね。あたし、半年で音をあげた。だってさ、遠距離だって電車乗りっぱなんだったら少しは寝られるじゃん。でもね、そのちょうど中間点の大船で乗り換えがあるわけ。落ち着いてみれば大船って面白い街なんだけどね。通学途上で遊んでるわけにもいかないしさ。ラグビー部のラインで、ユーコ先生に相談したんだよ。そしたらさ、ユーコ先生のコネで、横須賀市内の格安のワンルーム紹介してもらえたの。格安なのに、ボロ家じゃないってところがさすがだよね。

横須賀ってさ、坂だらけの町だから大学までは坂の上り下りはあるんだけど、朝と夜の小一時間の余裕、すっごいありがたい。それにね、あんまり言えたもんじゃないけど、夜とかさ、疲れちゃって自炊の元気もないとき、ユーコ先生の家に逃げ込むんだ。ユーコ先生は大磯で部活やってからの帰宅でしょ。大体ね、ふつーの場合は先生のパートナーの基さんが夕食の支度にかかってるの。

デリケートなのは、執筆のヤマ場のときとかかな。そういう状況のときの基さんて、時間とか関係なくなってるしさ。

いっつも玄関は開きっぱなんだけど、そっと入ってリビングの、あ、いつの間にか家族っぽくなってたから。平気で勝手にテレビつけたり冷蔵庫からお茶出したりしてたんだよね。いきなり両親がすっごい若返ったみたいで笑っちゃうんだけど。そんなオープンさって、あんまり現代的じゃないかもしんないいんだけどさ。

で、微妙なタイミングで基さんが顔出して、あかりちゃんか、ご飯作ろうか、って。不精ヒゲとか髪の寝癖とか、それが必然だと結構チャーミングなんだけどね。必ず今日はこんな魚がある、お肉はアレだよ、あかりちゃんどんなのがいい？　って聞いてくるのね。リクエストするとそれ作ってくれると思うでしょ。違うのよ。

基さんはそれを裏切ることが楽しいの。トリがあるよ、っていうから唐揚げ食べたいですっていうとユーリンチーが出てくるの。ユーリンチー美味しかったですよね、っていうと、今度は蒸し鶏の胡麻ダレあんかけが出てくるの。ちょっと寒いねって言ってた晩に冷蔵庫から取り出してきたのが、いかにも美味しそうなマグロの中トロのサクだったのね。逗子の美味しい魚屋さんで買って来たんだよってニコニコしてさ。なら、今日はお刺身だから、基さんはビールいっぱい飲みそうだなって思ってたら、鍋が出てきたのよ。ねぎま鍋って、マグロよりネギの芯が甘くってさ。基さんは、日本酒のぬる燗だった。チロリっての？　変てこな金属の容器のお尻をあたしに触らせてさ、あかりちゃん、上燗ってこの温度って。

あたし、お料理屋さんになるつもりないんだけど。看護学科に行ってるって知ってるからかな。このメニューで減塩にするにはって、そんな工夫もさりげなく教えてくれる。主菜と副菜のバランスとか出汁の大切さって、基さんから学んだかな。

あたしの目指してるのは栄養士でもないんだけどね。分かっちゃったかもね。あたしも、基さんちょっとスゴいっては思ってる。だって、あたしの常識の中にはいなかったヒトだもん。ユーコ先生、よくあんなヒトを見抜いたもんだって。自分のテーマとか好きなこととか見定めて、タックル仕掛けてくみたいに向かっていくんだもんね。絶対受け身じゃないの。そのくせ肩の力抜けてるっていうか、何でも鷹揚に認めちゃうっていうかさ。なんなんだろうね、あのほわんとした笑顔。

実際にヒトの出入りの多いウチでね、ああもう草臥れたから基さんのご飯、って思って行ったら、いきなり基さんと緒方さんがビール酌み交わして二人でげらげら笑ってたりとか。場合によっては基さんと出版社の編集の人がしかつめらしい顔並べて沈黙してたり。休日なんかはバルさんがすっごいレヴェルのご馳走作ってることもあるんだよね。お陽さまみたいな卵の黄身が輝いてるカルボナーラとか、ズッキーニの入った絶妙の甘味を感じる酢豚とか。なんだかいきなり、ありすがバルさんのアシスタントやってることもあるし。高校の頃からバルさんの弟子みたいにしてたけど、大学、哲学科なんてワケ分かんない世界に行っちゃうんだもん、まったく、不思議の国のありす。でも、その不思議ちゃんのありすの、よく分かんない質問にちゃんと応答できるユーコ先生も、結構スゴいっていうかヘンっていうか。絶対精神とかアウフヘーベンとか言ってるし。

そうだよね、いろんなヒトに囲まれて、毎日美味しいもの食べてさ、ユーコ先生、あんた幸せ過ぎでしょ。

あ、あたしもか。

その音に乗せて

寺島夏樹(てらしまなつき)の場合

お前には心配させられた。

親はそう言うんですよ。ぼくはね、なぜだかすっごく言葉が遅くって、赤ん坊のときですよね、ちゃんと育つのかって心配されてたみたい。もちろん、自分じゃ記憶も何にもないんですけど。

父がね、ぼくが生まれた日の夜明けに病院の玄関を出たら、濃い緑をたたえた大きな木を見上げて、鳴きしだく蝉の声を聞きながら夏樹っていう名前を思いついたんだって、そう聞きました。でもね、力強い名前をつけたからって、子どもが力強く成長するとはかぎらないわけで。

今だから言える気がするんですけど、小さな頃から思ってたんです。世界にはなんて多くの音が満ちてるんだろうと。多くの存在が、過剰に自己主張しながら勝手な音を世界に発しているんですね。ぼくは、それが怖かった。

自分が発する音が、暴力にも等しい世界の音の中に割り込むことなんて、とてもできないと、自分の奥深い所の何かが言ってた気がするんですよ。もちろん、何年も歳月を重ねたからそんなふうにも思えるんでしょうけど、本能めいた臆病さが、自分の音を出すことにとまどっていたんでしょう。

言葉って、だからぼくにとってはとっても怖いものなのかも知れません。恐ろしいほどの音の洪水の中に、自分を割りこませる勇気を、きっとぼくはなかなか持てなかったんだろうって思います。でもね、一人の人間としてこの世界に存在している以上、自分の主張だってやっぱり生まれて来るんですよね。自分の発する小さな言葉もまた、世界を成立させる要素の一つなのかもって、今は思っています。理屈っぽすぎますか？　仕方がないじゃないですか。親が大学の教員やってる、理屈の世界のヒトなんだから。

小学校でね、リコーダーって習いますよね。

ポーポーっていう可愛らしい音の縦笛です。同級生は無邪気に吹いてましたけど。でも、ぼくにとってはその音だって自己主張なんですから、臆病に練習したんですよ。高学年の音楽は専科の先生で、後から知ったんですけど地域の有志のアンサンブルのアレンジや指揮をするような、そんな専門の先生だったんですね。

きみは、誠実な音を出すね、ってリコーダー吹奏のテストで言われたんです。その、真っ直ぐぼくの目を見る目尻のシワとか、そのわりに真剣な声音とか、まだ覚えてますよ。だって、自分の出す音を認めてもらえた最初の瞬間だったんですから。

自分を表現すること、必死に抑えてたからなんでしょうね。夏樹はおとなしい子って、そう言われてたんですけど、自分で納得してたわけじゃなくて、何かを表に出したくても、でも何を表現したいのかも分からない。そんな自分に、かえって困惑してたんですよ。だからね、中学でサキソフォンに出会ったのは嬉しかったと思いますよ。地元の中学は音楽活動が盛んで、合唱部なんてマスコミに取り上げられるようなレベルでしたからね。でも、言葉で何かを表現するなんて、ましてやメロディーとともになんて、ぼくにはとっても無理です。音楽室で、ブラスバンドのテナーサックスを手にしたとき、あぁ、って思ったんです。下唇を巻き込むようにマウスピースをくわえて、発した最初の一音が鳩尾の所に響いたんです。身長があったからってだけで与えられたテナーサックス。

その音に乗せて、自分をこの世界に発信していくのかな、って思ったんです。

でもね、最初から何か違うなって、そんなふうにも思ってました。音楽は好きなんですよ。そうは言っても多分、何かを選ばなければいけないときになったら、今はここにいることを選んだとしても、ぼくは音楽を選ぶことはないいんじゃないかな、って。スコアに書かれたこと、トレースするのはすぐにできました。口元で表現しようと思っているニュアンスも、歌口からこぼれてきます。それはね、気持ちいいに決まってますよね。けれど、それってぼくなの？　とも思うんです。スコアを書いた誰かのイメージをなぞってるだけじゃないのって、今になってはそう言えるんですけど、中学生の時のぼくは、漠然とした違和感の中で、でもぼくの音がみんなの中で意味を持ってることにも嬉しさを感じてました。

どうなんだろう。もっと早くジャズとか知ってたら、サックスにこだわってたかもしれませんけどね。

ぼくはね、誰か他人に、例えばスコアをアレンジした人とかブラスバンド全体のバランスとかにしばられてるって感じて、それが何だか、肩のあたりを窮屈にしてたんです。大磯東高校に入学して、当たり前のようにブラスバンドに入部したんですけど、胃袋の裏側にわだかまってるそんな思いは消えませんでした。思いっ切り、何かを、って。

それはね、スポーツだって文化活動だって、色んなしばりの中でやってるんだって分かってますよ。でもね、規律の向こう側にとんでもない自由があるって、ラグビーに出会って知ったんです。

いろんな規律に則ってるのが世界なんだって、そんなことは前提なんですけど、そんなのぶっこわしちゃえよ、ってささやいてくるモノもありますよね。健全な秩序からドロップアウトしてしまうことは、やっぱりぼくにはできません。それでも、ラグビーの中には強烈な自己解放の主張が潜んでるって、いつ気づいたんでしょう。そこに乗っていく自分を肯定したいって、あ、やっぱりぼく、理屈っぽいですね。

多分、クラスメートの海老沼さんは、理屈じゃなくってぼくが現状にない何かを探そうとしてるって、そう感じてくれたのかもしれません。まぁ、彼女の言動を見てると深い考えがあるなんて思えないんですけどね。でもそうして、ぼくは何かを手放して何かを得るためにラグビー部に移ったんです。

母は、大磯東ラグビー部の和泉先生が大好きでした。

◆

少し肩をすくめてほんわり浮かべる笑顔を、どんな形でも支えてあげたいって、母はいっつも口癖のように。

海老沼さんの誘いに乗ってブラスバンドからラグビー部に移ったとき、揺れ動く自分とか、裏切り者の自分とか、葛藤がなかったワケじゃないんです。一緒のタイミングでラグビー部に入った佐伯くんなんかは、前の部活で感じてたフラストレーション整理できたって、さっぱりした表情でしたし、彼はおしゃべりでおおらかな性格ですからね。しゃべり続ける彼は、世界に発信したいことがたくさんあるのかも。でも、心の内に持ってるものは、多分みんな、誰もが持て余すほどにたくさんあるんだろうな、とも思ってました。始終吐き出すことで、むしろ佐伯くんなんか、逆に身軽になってるのかも。

一にも二にも、ぼくは足立先輩の真っ直ぐな視線に惹かれてました。

グラウンドでも浜でも、全身で今やりたいことを表現する。そのことに躊躇がないんですよ。音楽だって勉強だって、それは同じことだし大切なことなんだって、当たり前なんですけどね。背中を向けてしまったブラスバンドのメンバーには、卒業するまで申し訳なかったなって思ってました。でも、スパイクの紐をぎゅって結ぶたびに、今のぼくの世界はここにある、って確信してたのも事実です。

いつだって微笑みとともにぼくたちのそんな活動を見守ってくれてたのが和泉先生でした。生徒の立場から言えることじゃないですけど、和泉先生、正直言っていろんなこと背負い込み過ぎてましたよね。

メディカルバッグ肩にかけて、グラウンドを走り回って。

おしゃれしたい年頃なんだろうに、砂ぼこりかぶって、汗かいて前髪額に張り付けて、って母は言ってました。ぼくらにしたら、そんな和泉先生がいるのは日常の、当たり前のことでしたからね。でも日常とか当たり前とか、実際には単純なことじゃないって、いつ気づいたんだったかな。

明日、コーチの基さんがトン汁作ってくれるんだって。

そう言ったら、母はいきなり大量のお米を炊きだしたんですよ。年末の、最後の練習の前日です。梅干し、サケ、葉トウガラシ、しらす干し、塩コンブ、明太子。冷蔵庫のご飯のお供を総動員して、大量のお握りをぼくに持たせてくれたんです。

誰に、って母は言いませんでした。でもね、みんなで、って、下がった目尻がそう言ってました。そう、みんなで、って。

それはね、和泉先生の口癖なんですよ。

みんなで、って、そして、プライドって。

進路選択って、やっと高校に進学したばっかりなのに早々に突きつけられますよね。二年生での選択科目、失敗しちゃったら受験科目に支障が出るわけだから。ぼくはね、父が民俗学なんていうワケ分かんない分野の研究者だから、それにね、何事によらずあっけらかんとした母に父が万年准教授って笑われてる家庭に育ってますから、まぁなんでもありかなって思ってて。

高校でのいろいろな科目の担当の先生たち、みんな真面目な授業を展開するんです。ICT教育の試みなんですね。生かじりな、その分、説得力のないパワーポイント中心の授業もあったり。クロームブックの操作しながら、先生が自分で分かってるだけっていう授業だってありましたけどね。

世代的にはそういう授業を展開する世代なんだろうけど、和泉先生の授業は、とにかく言葉中心の授業でした。すごいときには、板書はたった一行。でもね、連ねられる言葉には透明感があって、先生が伝えたいことがくっきりしてた。和泉先生はね、きっと一時間の授業のために無限に考えを巡らせてきたんだなって、ぼく、思ってたんです。何百年も前に終わっちゃってる事実かもしれないけど、その場に立ってた人の息づかいにまで思いを巡らせたいって、それはね、部活での挙措の一つひとつにも宿ってたと思うんです。

多分、誰にも理解されないような気がするんですけどね、和泉先生の言葉の発音なんです。N行の発音とY行の発音がね、すごく魅力的なんですよ。そうだよね、って、同意を求めるような言い回し、ありますよね。和泉先生がそう言うと、その、よね、っていう音の響きで場の空気が和らぐっていうか、言葉や音って、すごいなって思うんです。そんなことに気づいていたのは、きっとぼくの他には佐伯くんだけだったかも。落語家になった佐伯くんですけど、彼に気づかれないように聴きに行ったことあるんです。彼の濁音の発音がとってもキレイだったんですよ。鼻濁音っていうんだそうですね。そんなね、音の響きなんて和泉先生自身は絶対意識してないんですけど、そんなこと思ってるぼくって、変ですか？　でもね、パワーポイントの授業の説得力のなさって、そういうところにあるのかもなって。

言葉で、ヒトはヒトのことを伝えてきたんだよって、和泉先生は言ってました。残された言葉、ヘロドトスだって司馬遷だって、真実だけ語ってるわけじゃない。それに、って和泉先生はいたずらっぽく笑いました。ヘロドトスはウソつきだし司馬遷はカッコつけ過ぎかも。でもね、それをヒントに人間を考えることが歴史学なんだよって。昔のことを覚えるんじゃなくて、未来を考えることが歴史学なんだよって和泉先生は言ってた。和泉先生の、なんだよ、ってやっぱり心地いい響きなんですけど。

文系に進んで、歴史やろうかなって言ったら、父は爆笑しましたよ。カネにはなんないぞ、ってね。

そんなこと言ってたらね、音楽だって歴史学だってラグビーだって、カネに換算できる分野じゃないですよね。ましてや民俗学なんてね、って言ったら、父は笑うかと思ったら笑顔を消しました。

お前がラグビー部に行ったのは、正解だったんだな、って。

◆

横須賀東高のスタンドオフが蹴ったキックオフボールが、ぼくの所に飛んでくる。そこからの数十分、なんて言えばいいのかな、夢の中みたいなんですよ。すっごくリアルなんですけど。ぼくは、このたった一個のボールを仲間につなぐためにここにいる。シンプルなことなんですけど、それを果たすことって、どれだけ難しいことなのか。

人の営みって、そういうことなんだろうなって、後になってからの思いですけどね。振り向いたときの、保谷くんの真剣な顔。あれほど待ち望んだ顔って、なかった。ラバーの内側に入ってるのはただの空気だし、それが重要なものだなんて、どう考えたってあり得ない。でもね、そのボールに宿ってるものって、そう思うとこんなに大切なものなんてないって思えるんですよね。

ブロウアップ。英語の使い方としては間違ってるのは分かってます。でもね、なんだかそんな言葉が浮かぶんです。自分の呼気の一つ一つが世界に命を与えてるんだ。だからただの空気の中身しかないボールが、こんなにも大切なんだ。多分あんなに一つのことに集中したのって。

ええ。

ハーフタイムにね、交替するかって聞かれたんです。足立さんからだったか、保谷くんからだったか、コーチの基さんからだったか。傍目に見ても、前半のぼくはもう限界に見えたんでしょう。

いいえ、見えただけじゃありませんでした。はっきり言って、限界以上でした。だって、どっちが空でどっちが地面か分からない状態でしたから。でもね、やらせてくれって、そんな強い言葉を発する自分を、どこか空中から見てた気さえしますよね。ぼくはね、自分の限界以上の世界を知ってしまったんです。

やらせてくれよ、もしかしたら、ぼくが本気で世界に向かって吐き出した初めての強い言葉だったかも知れません。でもね、世界は、いいえ目の前の現実はぼくの内側のリアルなんて相手にしてくれませんでしたけどね。それでいいんだって、思いますけど。

強いティームの選手たちは、普段の練習の中で限界以上の世界を知るのかもしれません。でも、大磯東の、微笑みとともにある練習ではそれはない。それが必要だっていうんじゃないんです。でもね、届きそうな高みにある何かがそこにあった。駆け上がっていこうとする、それがどんな場所であれ、世界って、無限なんだって知りました。いいえ、諦めの気持ちを抱いたわけじゃありません。でもね、そこに挑もうとしても、肉体ってなんて無力なんだろう。そうは思いました。

楽器やってたときもそうでしたよね。呼吸だって指使いだって、自分が表現したいことを実現しようとすると、理想はするすると逃げてゆく。

こうだよっていう理想を、いつか語ったり実現することって、そんなときが来るんでしょうか。和泉先生だってね、ラグビーでも歴史学でも、それが専門なんだっていっても、理想も真実もつかまえられないんだって、そう言うから和泉先生は誠実なんだって思えるんですけど。

そう、後半最初に今福先輩が蹴ったキックオフボールをキャッチした横須賀東の選手。ぼくは彼の膝しか見ていなかった。その膝がどっちに踏み出してくるのかだけを。そして、全てを振り絞ってタックルしたんです。全部終わってもいいって思ってました。彼個人とは無関係に、その足の運びって。そうですね、ぼくのための何かを見据えようとしてたんですよ。身勝手なんですけどね、気持ちは、遥か彼方を見てたんだってね。

それでぼくは、大学では歴史学を専攻することにしました。ハードなスポーツの世界は高校時代で終えようと思ったんです。とんでもなく貴重な体験を自分の肉体に刻んで、でも忘れがたい視野の中に揺れる風景はきっとぼくのベースになると思うんですよ。グラウンドが狭すぎて砂浜でダッシュ重ねてたなんて、そうそう経験できることじゃない気もしますしね。

あぁ、もう限界って、何度砂浜のダッシュの中で思ったでしょう。他人には微笑ましい情景かもしれませんけど、胸元から立ち上ってくる自分の体臭を伴った熱っぽい空気って、自分の限界を少しずつ持ち上げて行こうとする自分自身の熱だったかもしれませんよね。

忘れちゃいけない、って、きっと何度も思い出すんでしょう。恐れてもそうじゃなくても、世界はぼくの前にごろんと横たわってる。

きっとぼくのことなんて、なんにも考えずに。

星の名前　相澤日見子（あいざわひみこ）の場合

　横須賀は坂の町って、ご存じの方もいるとは思いますけど、地元に暮らしているとそんな単純な言葉で済まないんだって、思いますよ。

　谷戸っていうんですけどね。もちろん三浦半島なんて関東平野の端っこにぶら下がってるような半島ですから、そんな高い山があるわけじゃないんです。でもね、うねうねと続く細い坂道の奥の方まで住宅が建ち並んでいたりして。冗談半分に思うんですけど、引っ越しの業者さんに頼んだら、どれだけ割増料金取られるだろうってほど。

　私のウチは、もともと横須賀じゃないんです。ただ、父が横須賀にマンションを買ったのが縁で、古くからの谷戸の町に隣り合って暮らすようになったのが小学生の頃ですね。母が市立小学校の先生だったのでね。横浜に通う会社員の父は自動車通勤の母のクルマで駅まで送っていってもらってました。その後で、私は近所の小学校へ、そんな子ども時代でした。

　ですから、家に帰っても一人でしょ。母は家に帰ってきても持ち帰り仕事してましたから、正直言って、他人の子どもと自分の子どもと、どっちが大事なのって思ってましたよね。でもその私が今、小学校の先生やってるなんて、おかしな話ですよね。

さすがに日の暮れの早い時期にはそんなことしませんでしたけど、複雑に入り組んでる谷戸の道の探検とか、やってたんですよ。子ども心に、ホントの探検でした。だって、不意にすれ違ったお爺さんに話しかけられて、延々と海軍の話を聞かされたりとかね。毎日夕方に、たくさんの猫を集めてエサをやってる小母さんとか。

そんな中で、ミネコさんとも知り合ったんです。

いえ、ミネコさんは変な人じゃありません。年代でいえば、私の祖母というにはちょっと若いっていうくらいでしたでしょうか。ただね、早く旦那さんを亡くして、一粒ダネの息子さんも幼いうちに逝ってしまって、寂しく一人暮らしをしてたんです。捨てられないままでいた玄関前の補助輪つきの自転車、それなりに交通量のある道路沿いのマンションに住んでる私は自転車が欲しくてもなかったから、というよりも、両親が不安がって買ってくれなかったんですよ。それでね、あの黄色い自転車いいな、って思ってミネコさんの家の門扉の前で立って見てたんです。

そのときに話しかけてきたミネコさんと私の母の間でどんなやり取りがあったのかは知りません。ただ母は、小学校から帰ってきた私が町内を歩き回ったりしているよりも、って思ったんでしょうね。時々はミネコさんのお宅に私をあずける、というよりも、私がミネコさんのお家に遊びに行くことを承知してくれました。ミネコさんもね、息子さんとの日々を失ってしまってから、子どもと触れあう機会なんかなかったでしょうから、私がお宅に伺うのを楽しみにしてくれてました。

おやつとかいただいて、子ども向けの本なんかを縁側で読んでると、そっと傍に寄って髪をなでたりしてくれましたよね。子どもだったから分かったんでしょう。子どもの生命を慈しむ優しい手のひらでした。

誤解しないでくださいね。スピリチュアルなこととかオカルトとか、私、まったく信じてませんよ。でもね、高校生になったばかりの頃、雨が降り続く午後に、ミネコさんのお宅の縁側で、亡くなったミネコさんの息子さん、ユートくんに話しかけられたことがあったんです。梅雨時の、期末テストの疲れがあったんでしょうね。他愛ない小説のページを開きながら、少しうとうとしてたんですね。ユートくんはね、ヒーコちゃんがいてくれてよかったって、イメージの中で微笑んだんです。私は、目が覚めてから思いました。

私は、ここにいていいんだって。

ええ、今私が暮らしているこの家はミネコさんのお宅だったんですよ。

ミネコさんが亡くなったのは、私が教育学部に入学した、その半年後ぐらいだったんですよね。いえ、孤独死とかじゃありません。大学生になった私が、今度こんなことしてるんだって、前期の授業が落ちつき始めたころだったかな、ミネコさんに報告に行ったときに、顔色悪いなって思ったんですよ。具合悪くない？　病院に行った方がよくない？　って。ミネコさん、奥歯噛みしめて固辞しようとしたんですけど、強引に病院に連れて行ったんです。大学は推薦で行きましたから、卒業間際に免許取っていたもので。たまたま空いてた母のクルマ使ってね。即刻入院でした。

ミネコさんの病気がどんなものだったかはいいですよね。入院してから亡くなるまで、すうっと、それこそ変な例えですけど、ゆっくりフェードアウトしていくみたいな。早くに亡くなった旦那さんとユートくんに会いにいくんだ、今度は一緒に暮らすんだって、ミネコさんはそう信じてたみたい。

相続とかその辺のことは、当時は分かりませんでした。ずいぶん遠くに住んでいる、ミネコさんの遠縁の方に頼まれたんです。売るにも売れないこの家、住む人がいなくなっちゃったら荒れるだけだから、親切にしてくれたあなたに住んでもらえないかって。申し訳ないくらいな家賃で、借りてます。

小さな庭があるんですけどね、そこに、花の種を蒔いたりもしていますけど、隣家の庭に背の高い樹があって、少し高い所の歩道にある街路灯を隠すんですよ。だからこの小さな庭だけは、夜は真の闇になるんです。コワいとかそういうことじゃなくて、晴れた夜にはね、そこに立つと本当に星がよく見えるんです。もちろん専門的な星空の説明なんかできませんけれど、真夏のさそり座とか、冬のオリオン座とか、キレイだなって思いますよ。

亡くなった人のことを星にたとえることもあるじゃないですか。小さな頃の私だったら、ミネコさんはお星さまになったんだね、って素直に思えたかもしれませんけど。でもね、私も毎日、子どもたちの成長に向き合ってる仕事してるわけですからね。それぞれの個性を輝かせているのは、むしろ子どもたちじゃないかって。きらきらネームなんていって、不規則な漢字の読み方でつけられた名前だって、不自然さを突き破って、子どもたちは歩いていきます。小さな歩幅だって、それは力強いものですよね。

◆

ユーコさんと知り合ったのは偶然です。

この家から表通りに出る道の所にね、不自然な地割りがあるんですよ。なんでそんなことするのかまったく理解に苦しむんですけど、何軒かのお宅がね、所有地ぎりぎりに背の高いブロック塀積んでたり、鉄の柵を巡らせたり、そこまでじゃなくても重そうな花壇を変な配置で置いたりね。あからさまな言い方になっちゃうんですけど、ウチの領分はここまでだって、ヒトの迷惑なんか考えてもいないレベルの低い自己主張の競争みたいな。おかげでね、この家の玄関先には一台分くらいの駐車スペースはあるんですけど、軽自動車でも何もこすらないで出入りするのは、私なんかは自信ないんですよね。だから、そんな状態になった今は、ちょっと離れた所に駐車場借りてます。ミネコさんが倒れちゃったとき、こんなだったら命に関わってたわけですから、そんな非常識なって、思いますよ。

正直言って、そんなお宅の間を通るのがイヤで、日曜日とかに買い物に行くときには、谷戸の奥へ辿って反対側の谷戸に出てスーパーに近道することがあって。そのスーパーって、間に合わせ規模の小さなお店なんですけど。

その道沿いの、ちょっと広めのお庭があるお宅が、ユーコさんたちのお家なんですね。イメージではね、年配のご夫婦の終の住まいって感じのお宅なんですけど、その玄関から私と同年輩の、後から知ったんですけど、同い歳のユーコさんも買い物に出てくることがあって、県道に出るまで一本道ですからね。お話しするうちに仲良くなったんですよ。そしたら、ユーコさんも教育職で高校の先生だなんて。パートナーの基さんと二人暮らしのはずなんですけど、なんだかいろいろな人が出入りしてて楽しそうで賑やかなお宅なんですよ。

そうですね、日曜日とかにって言いましたけど、日曜日の午後くらいしか、お互いに時間ないんですよね。

私もね、低学年の担当をしているときはアイザワセンセイなんですけど、高学年になるとヒーコ先生になっちゃうのね。まぁ、親しみを込めた呼び名なんでしょうから子どもたちに呼び名を強制なんてしませんけど。そうしてみると、何だか呼び名も似てるよねって、アラサーっていう世代になって、そんなことで意気投合してるのも面白いものだなって思いはしますけど。

でも信じられませんよね。ユーコさんはラグビー部の監督。まぁ、監督っていうのは便宜上のことらしいですけど、パートナーの基さんも一緒に、どういう縁なのか遠くの大磯の高校でラグビー部のコーチしてるんですって。まぁ、基さんの本職はなにかのライターみたいですけど。

あ、ウチもね、一応ダンナはいます。逗子のカフェで雇われ店長やってますんで、お店の都合上、あるいは本人の性格上、寝に帰ってくるほかは滅多にウチにいないんですけどね。カフェっていうより、ホント、昭和の喫茶店っていう感じのお店。仕事じゃないときは専門学校で製菓の勉強してます。いずれは自家製ケーキをお店の名物にするんだって言ってますけど。ユーコさんが差し入れてくれた大磯の、三日月さんていうパウンドケーキ専門店のお菓子を味わったときは、ううむって、うなってましたね。稼ぎのわりにお金ばっかりかかるんですから。でもね、お店のコーヒーはホントに美味しいんですよ。これが文化だって、ダンナは生意気な主張してます。

ユーコさんの家の門扉には「永瀬」と「和泉」の表札がかかってるんですけど、ウチも「藤並」と「相澤」の表札なんです。ウチはね、結婚したときに、戸籍上は私が藤並姓になったんですよ。でもそのときに担任してたのが低学年だったんで、やっと子どもたちが慣れたアイザワセンセイが途中で変わっちゃうのが、なんだかね。だから結局、世間では旧姓で通してるんです。

ユーコさんのところはもうちょっと徹底してるみたいで、婚姻届とかも出してないみたいなの。基さんは笑いながら言ってたのよ。オレらの人間関係に、なんで役人や法律が口出しできるんだよって。まぁ、そう言えばそうなんだけど、ユーコさんも私も、一応公務員なんだけどね。でもね、保護者の関係が原因になってる生徒の改姓のことって、結構学校では難しいことになる場合、ないわけじゃないんですよ。小学生ってストレートですからね。素直な疑問を悪気もなく口にすることもあるけど、それがその子の傷口をえぐってしまうこと、あるので。

なぜ、家族は同じ姓じゃなくちゃいけないのかって、私は疑問に思ってますよ。選択的夫婦別姓って、ずいぶん昔から話題になってるんですよね。何も考えてなくてオンナがヨメに行くっていう発想だけだと、オンナが屈服するのが当たり前だって、そんな思いをすることが苦しい人だっているのにね。家族っていろいろでいいと思うんですけど、家族の制度を変えることにすっごく臆病な人たちもいるんでしょうね。

多分、自信がないから。

◆

先日の日曜日、ユーコさんからメールもらって、一緒に買い物に行ったんですよ。

お互い忙しいですからね。日曜日に買いだめして一週間をもたせる感じなんで、ウチのクルマ出して二人して市内のショッピングモールに出かけたんです。そこそこの専門店からスーパーも百円ショップなんかもあって、そこに行けば一通りのものは用が足りちゃう便利な所なんですけど、ユーコさんと行くときは一つだけ要注意。彼女、本屋さんに入ると出てこなくなっちゃうから。

だってね、人文科学の書棚の前に立って、眉根にシワ寄せながら三十分も身じろぎ一つしないんですよ。それでね、ようやく何冊か手にして移動したと思ったら、今度は新書や文庫の棚に向き合って同じこと繰り返すの。際限ないじゃないですか。あぁ、でも同じ時間、私も教育学関係とか童話や絵本の書棚の前で過ごしてるんですけど。こんなお話ししてあげたら、子どもたち喜ぶだろうなって思うとね。

でね、生鮮食品を扱ってるフロアに出たら、すごく賑やかな、足元を揺するようなビートが響いてたんですよ。そのフロアには、そんなに大きなスペースじゃないんですけど、ステージがあって、時々催しものなんかがあるんです。あぁ、今日も何かやってるんだなって、最初はそう思っただけ。そのときにはユーコさんは、ほっぽっておくと基さんが一週間も同じ靴下履いてるって愚痴ってたけど。

ステージではね、高校生のチアダンス部のパフォーマンスで、可愛らしい女の子たちがはじけてました。ユーコさんと目くばせして、ちょっと見ていこうか、って。

スパンコールが照明を反射しているスカイブルーのユニフォームの胸には、SUMMER・ISLANDっていうロゴが入っていて、最近よくテレビでも見る女の子のユニットの動きを取り入れながら、ビートに乗って躍動してました。緊張と興奮が入り混じりながら、その笑顔は無限の歓びを発散しているようで、見ている方もワクワクするんですよ。思わず、腰でリズム取ってました。ポニーテールにした長い髪が揺れて、すうっと伸びた脚の線が高々と上がって。とってもキレイなんです。

すん、すん、っていうの、何って思ってユーコさんの方を振り向いたら、彼女、泣いてたんです。なんてきらきらしてるの、って。切れ切れに呟いてたけど、それってでも、彼女の日常じゃないのかしら。相手は男の子たちなんでしょうけどね。私だって、子どもたちの背伸びしてる姿に涙腺緩んじゃうこと、結構ありますし。

パフォーマンスが終了して、もう終わりなんだって、ちょっと残念に思ってたら、ユニフォームのまんま、二人の女の子が真っ直ぐ私のところに走って来てくれました。コトミちゃんとシオリちゃん、紛れもなく私のクラスの子だったんですよ。名前を呼んだら、ヒーコ先生、覚えててくれたのね、って。忘れるわけないじゃないですか。二人とも、中学で勉強頑張って夏島高校に行ったんだね。ウチら、高校入ったら勉強しなくなっちゃいましたけどねって、照れ笑いも混ざったけど、そんなことない。また、もっと頑張って立派なオトナになれるよ。人前だからできないけど、二人とも、思いっきり抱きしめてあげたかった。

一緒にいたユーコさんを、大磯東高校ラグビー部の監督なのよ、って彼女たちにも紹介したんですよ。ラグビー部の監督にはまったく見えないユーコさんですからね、彼女たち驚くだろうと思ったら、知ってますよ、って。

シオリちゃんのカレはラグビー部員なんだって。試合の応援に行ったときに、ベンチサイドで、指示出しながら動きまわってたユーコさんの姿、見てたみたい。

男の子ばっかりの中で、マネージャーさんと一緒にきりっとした表情でいろんなことてきぱき進めてたユーコさんをコトミちゃんはとってもカッコよかったって言ってた。そんな姿を、子どもたちの世代に見せることも、とっても大切なんでしょうね。

最後の最後まで、ユーコさんはぽろぽろ泣いてたんですけどね。

こういうとき、まずいんですよ。

感情が高まったユーコさんは、また書店に行って無限に本を買っちゃうんですから。上手に袖引っ張ってセーブさせないと。私も、なんですけど。

エバー　グリーン

足立善彦の場合

　隣を見れば、サクラコの、いつもながらのとりすました横顔。

　せっかく純白のウェディングドレス着てるんだからさ、もうちょっと、恥じらいとか嬉しさとかを表してもいいんじゃないのか。

　ホントに、高校生のころから変わってないんだから。

　結婚式なんてさ、やりたくはなかったワケ。意味ないじゃん。でもさ、双方の両親に押し切られちゃった。オレとしては、義母に涙まで浮かべられて頼まれちゃ、やっぱ断り切れないもん。

　お金の無駄もしたくないんだよね。だって、まだ外見からは分かんないけど、サクラコのお腹の中には赤ちゃんがいる。オレ、その子のためにこそお金使いたい。だから、式場の格とか、料理のエビの大きさとかに気ぃ使いたくないし、伊勢海老かどうかなんてどうにでもしてよって。そんなの、いいんだよブラックタイガーで。

　でも、いっつも妙に地味なカッコしてたサクラコ、こうして見ると、マジ、綺麗。鎖骨の上からすうっと伸びた長めの細い首に、石の名前は知らないけどさ、イッコだけの小さい石につながった繊細な感じのネックレス。アップにした髪の下の、ほの白い耳の形。こんな綺麗な女の子の結婚相手が、ホントにオレでいいのかな、って思うもん。

で、最初の式は親族だけにした。義理尽くの式だし、新郎新婦は黙ってるだけだって。でもね、信じてもいない神様に誓いを立てるなんてできないし。人前結婚っていうんだぞうだけど、出席してくれた人たちの前で、オレ自身が挨拶して式にするっていうことにしたんだ。

　大学の同級生でさ、卒業してすぐ結婚したヤツがいたんだけど、そのときの式場がすっごく窮屈な感じがしたんだよね。なんか息苦しいなって思ったんだ。結構多くない？　窓がなくて入口のドアも重々しい会場って。だからさ、窓のある開放的な会場探したんだ。そこだけ、こだわったの。

　仲人って、どうするっていったって、ユーコ先生しかいないじゃん。ユーコ先生がいなかったら、そもそもオレ、サクラコと出会ってなかったんだし。そう思って、二人してユーコ先生の所に行って、パートナーの基さんにもお願いしたってわけなんだ。

　基さん、爆笑しやがった。

　そう、それでね、高校や大学の仲間とか、会社の先輩とか後輩とか、気のおけない連中は二次会だけで楽しく無礼講でやろうぜって、大磯東ラグビー部の同期にコーディネート頼んだんだよ。

　ゆうきは目を輝かせて喜んでくれた。オレ、司会やるよって。ところが、ジョータローのヤツは妙にむすっとしやがってさ。なんだよてめェ、って言ったら、白状したのさ。ヤツは、高校生のときサクラコ狙ってたらしい。コクる勇気も結局なかったくせにな。

まぁ、オレもなんだけど。

◆

大磯東高のラグビー部に入ったとき、イッコ上の先輩はいなかった。三年生の先輩にくっついて部活始めたけど、どうしたってレヴェル違い過ぎるし、八人入った同期も、一人やめ二人やめって感じで、先輩が引退する秋の大会が終わったとき、ラグビー部に残ってるのはオレだけになった。考えてみれば、三年の先輩にはクセの強いヒトいたしね。言葉がきつかったりとか、笑顔なのに粗暴だったりとか。

もうやめちゃおうかな、って、正直思った。でもね、先生にも相談したくなかったんだ。多分先生たちの組織の中で、定年間際に貧乏クジ引いちゃったなって感じで試合だけ引率してくれる先生に、何を相談できる？　多分、そうかって言われて、それでラグビー部は終わってたさ。それは悔しいって、やっぱ思ったわけ。そうしたら、二年の春にユーコ先生が着任したんだ。

最初は、このヒト馬鹿かよって思った。現実的に考えて、どうやって部活の幕引き考えるかがフツーじゃん。なんでこんなにポジなんだ。たった一人の部員のオレに向かって、ニコニコしながら頑張ろうよ、って、常識あンのかよって何度も思ったさ。

一度言われたことがある。ユーコマジックかけたから、部員増えるよって。

そんなマジック信じるヤツいるわけないんだけど、ホントに部員、増えたんだよな。ポジな気持ち持ってると、状況もポジになるのかも、って今は思う。ミッキーの馬鹿とか、なごみのパーとか、面白いヤツらがラグビー部に寄ってきた。それからは楽しかったさ。

保谷幹人って、名前に似合わない細長いヤツでさ。でもね、オレらが引退した後でキャプテンになって。いいキャプテンだったと思うよ。オレ以上とは絶対言わないけどね。前田和って、わけ分かんなかったよな。なごみなんていう穏やかな名前で、大福餅に目鼻くっつけたような顔してるくせに、走りだしたら誰にも止められないって、なんなんだよこいつって、年中思ったもん。

正直に言うよ。感謝、してるんだ。

キャプテンという立場の重圧、やっぱ感じてたよな。そりゃね、ちっちゃい規模の少ない人数のラグビー部かもしれないけど､まとめ役にならなきゃいけないんだから。それに、真面目でいっつもポジなユーコ先生がいるっていったって、ユーコ先生はグラウンドで身体張ってプレーできるわけじゃない。やってもいいよ、って言ってたけどさ、それは止めてくれってオレから言った。だってあんなに細っこいんだもん。

オレからはなんにも言わなかったけど、一応は知ってた。ユーコ先生、部活のない休日とか、仕事が終わった後の夜とか、ラグビーのための研修会に出まくってた。コーチ資格とか、レフリー講習とか。セーフティーアシスタントの研修会にはサクラコとえびちゃんを連れて行って、二人に夕飯おごってたらしいしね。あんかけ焼きそば美味しかったのよ、って、えびちゃん。それどうでもいいから。

先生としてちゃんと部活引き受けちゃったら、給料の外側の負担が激増するのなんて、高校生のころのオレにだって分かってた。でもいっつも一生懸命で、事あるごとに足立くん足立くん、って。逆にオレの方ががんじがらめになっちゃってる感じさえあったもんな。もうやめますって言うタイミングは、完全になくなってた。それで、正解だったんだけど。

三年の春の試合、あのときのいくつかの試合で、やっと思ったんだ。一本のパスとか、ボール蹴って仲間につなぐとか、思うようにできたことがあった。同期はオレの他には、途中入部のたった二人。風間勇気と今福丈太郎っていうこの二人は、しかも互いに犬猿の仲。やりにくいったらなかったさ。でもね、ゆうきへのキックパス一発、とか、ジョータローに通したカンペーのパスとかさ、今だって思い出すと気持ちいいもんな。やめなくて、よかったなって。

ベンチサイドでずっと冷静だったのはサクラコだけだった。ユーコ先生は試合展開次第で揺れに揺れるヒトだし、サクラコと同期のマネさんやってたえびちゃんは激情に身を任せる子だったし。二学年下のマネさんの朱里ちゃんは看護師気取りだったし、ありすちゃんは、めったにしゃべらない不思議ちゃんだった。でもね、彼女たちがベンチサイドにいてくれたからオレらは練習や試合に集中できたんだって、ちゃんと分かってる。口に出して言うのは照れくさいけどさ。コーチしてくれた基さんは、結局タックルとブレイクダウンとスクラム大好きなヒトだし。

オレ個人としては、めちゃくちゃ緻密な考え方する龍城ケ丘高の山本先生とか、なんだかとんがった考え方する緒方さんとか、好きだったんだ。とんがったって、どういうことかって言われてもそうとしか言えないんだけど。

そうね、山本先生はどうやってキレイに展開するかを考えるし、緒方さんはとにかく前に出ることを考える。

稲村ケ崎高にボロくそにやられたとき、稲村の垣内先生が緒方さんの恩師だって知って、なるほどなって分かった。あの後、みんなが散っちゃった後で垣内先生に呼ばれた。二人きりだったから、誰も知らないと思うけど、足立、ありがとなって、先生は言ったんだ。なんでオレの名前知ってんの？　ってびっくりしたけど、もっとびっくりしたのはあの先生、涙目だったんだ。なんにありがとなって言われてるのかも分かんなかったし。

それでオレ、なんとかかんとか三年の秋まで突っ張り切ることができた。

そりゃ、焦りもしたさ。三年の夏休みが終われば、ほとんどの部活は新世代になってクラスの連中の話題は受験ばっかりになるしさ。極端な話、学年の中でオレとジョータローとゆうきだけが部活やってる感じだったもんな。

受験科目の中で、まぁ英語はキライじゃなかったし、二年の頃からかな、ラグビーをテーマにした小説とか読むようになって、それをきっかけに本もよく読んでたせいか、現代文はそれなりに。でもね、ユーコ先生が世界史だからって選択した世界史が全然伸びない。どうしよう、浪人かな、って不安になってたんだ。

土曜午前練習の終わり頃を見計らって、グラウンドサイドでユーコ先生に相談した。先生、奇妙な笑顔で言ったんだ。反則ワザ、出しちゃおうか。

信じられる？　オレ、ユーコ先生の師匠のお宅に連れて行かれたんだよね。もちろん、ガッコの先生に師匠なんているわけないけど、逗子のそのお宅には、ヒロ先生と恵先生がいたんだ。

さて、この場には東洋史学のオーソリティーと日本史の専門家と西洋史学の私がいるんだよ、ってユーコ先生は言ったさ。なんだよ、オタクの巣窟かよって思いはしたけど、専門家集団に対してコッチはただの受験生じゃん。肩すくめてたんだけど、そっからの授業がスゴかった。いや、授業じゃないね、あれは。

ヒロ先生が言うワケ。今日のテーマは十世紀と十一世紀、って。さあ、足立くん、お題は？　ってさ。コワくて言えないよ。で、それからその時代の歴史について、全然整理されてない話が三人の間で続くんだ。あっちへ飛びこっちへ飛び、もうオレの頭の中は大混乱。だってさ、歴史なんて暗記科目だって、必死に順番通りに覚えようとしてたワケじゃん。ウロ覚えの固有名詞が、思ってもいなかった所から飛び出してくるんだよね。それから何度も、誘われるままにヒロ先生の所に行ったのね。そしたらね、今までクソ面白くもないって思ってた歴史が、なんだかつながり合ってきたんだ。

なんだ、そういうことか。オレもさ、練習のための練習じゃなくて、試合にどう役立てたいかって、練習中のコメント考えながら話してた。それと同じことさ。なぜそうするのか、なぜそうなったのか、それがどうつながるのか、って。歴史の話も同じじゃん、って思ったんだ。でもさ、相手は学問の世界だし、簡単なハナシじゃあないんだろうけど、ストーリーになって、知識が入ってきた気がするんだよね。

もう、ずいぶん寒くなってきた頃だった。土曜日の教室で自習してたら、お昼食べようよってユーコ先生に誘われたの。一生徒だけ特別扱いするのは反則だから、他のヒトには内緒ねって。で、基さんのクルマでヒロ先生の所に行ったんだ。何度かグラウンドでも会ったことのあるバルさんがいて、お手製の鉄火丼を出してくれた。あは。今でも思い出せるよ。マグロの切り身が輝いてたんだよね。ヅケって言うらしいけど、マグロのサクの表面をさっと霜降りにして醤油ベースのタレに漬けたんだって。それにね、山かけ丼にしたいヒトはどうぞ、ってトロロも出てきたんだよ。オレ、どっちも食いたくて、鉄火丼、山かけ丼、トロロ飯と、三杯食った。ワカメとねぎのみそ汁も美味くてさ、それで、満腹でうっとりしてたら、いきなりヒロ先生が言うわけさ。

さあ、足立くん、このご飯にはどれだけの人類の知恵が隠されてるだろう、って。

それから始まったんだよね。ヒロ先生と恵先生とユーコ先生が、発酵食品と芋食文化とを結び目にして、世界史の話が。恵先生はなぜ鉄火という言葉が使われるのかということをとっかかりにして、じっくりと熟れ鮨の伝統と江戸の寿司の文化と文学を語った。ヒロ先生はチーズとヨーグルトと遊牧民族の話からオスマントルコ帝国の宮廷の話、ユーコ先生は太平洋と南米の芋食文化とフリーズドライ食品の話。バルさんは慣れたもんで、時々、マグロとワカメは三崎です、ねぎは埼玉県深谷ですね、わさびは奥多摩でお醤油はそれに合わせてあきる野市の多摩川水系の地のお醤油です、あ、お味噌は愛知県岡崎のお味噌と信州味噌を合わせて使ってみましたなんて紹介してた。そう、お醤油もお味噌も、発酵ですよね、って。

やべえ、キちまったぜ、って思ったけど。

な、人間が積み上げてきた文化って、こういうことなんじゃないか。たった一杯の丼メシの、あ、足立くんは三杯食ったけど、その上に歴史はたっぷり降り積もってる。歴史は役に立たない暗記科目なんて馬鹿にしてると、どんな学問だって成り立たないんじゃないかな、って、ヒロ先生は言う。ちなみに、基さんはモノも言わずに四杯食ってたけど。

正直言って、それで世界史の偏差値が伸びたとも思えない。ただね、苦手科目じゃあなくなった。面白いなって思うようになったもん。

三月の、卒業式予行の前日に志望校から補欠合格の連絡をもらったんだ。オレとしては、秋からではあっても一生懸命勉強したんだからな、って安心するやら納得するやらってだけだったんだけど。

で、予行の中休みのときに式場の体育館でユーコ先生に報告した。補欠だけど、受かりましたよってさ。

ふつー、おめでとうよかったねって、言うよね。でもユーコ先生、オレの右手を両手で握りしめて、黙ったままで泣き始めた。キレイな顔がさ、眉なんてぐにゃぐにゃに歪んじゃって、口はへの字になってるし、涙と鼻水でべろべろ。

ユーコ先生の手、冷たくて、小さかったな。

◆

なんでサクラコと付き合うようになったか、なんてことはどうでもいいよね。大学のラグビーサークルのグラウンドに、翌春サクラコがやってきて、マネージャーやりますよって。

だって、足立先輩の後追っかけてきたんですよってさ、笑顔にもならずに言ったんだよ、あいつ。それならそれで、もうちょっと愛想よくしてもバチあたんないだろって。オレは経済学部で、サクラコは文学部だったから学部棟は違ったけど、まあそういうこと。

時々思い出すんだよ。あの狭苦しい高校のグラウンド。

ボール追っかけて目を上げるとさ、必ずその背景にある丘陵の緑。冬にはかすんだ濃い緑になるし、春先にはちらちらと白く桜が散ってる。そう、今頃の季節には毎年、フレッシュな明るい色に変わる。笑うなよ。サクラコとの挙式は、ジューンブライドってわけ。たまたまそうなっちゃっただけなんだけど。

多分、半年も経って年が変わる頃には、オレたちの間には新しい家族が増えてるからさ。あ、この言い方もちょっとパターン踏んでるな。

いずれにしたって、わが子が生まれるってワケさ。どうしたいってこともないんだけど、子どもが生まれたって、毎日をゆっくり歩いていければいい。散歩道のさ、緑の影が色あせないように、って願うよ。よくさ、笑顔の絶えない家庭を築きたいなんて、結婚したばかりの挨拶状なんかに書いてあるじゃん。でもさ、それは無理なんだよな。サクラコ、あんまり笑わないいんだもん。

◆

タクシーで会場に着くなり、オレとサクラコは控室に押し込められちまった。控室ったってさ、なんだか荷物置き場みたいな小部屋でさ、地味目のスーツのオレはともかく、ウェディングドレスのサクラコにしてみれば、似合わない部屋としか言いようがないんだけど。座らせられたの、なんだかガタつくパイプ椅子だぜ。ジョータローのやつがさ、しばらくここでおとなしくしとけって、あいつ、復讐のつもりじゃねぇだろうな。

でもね、だんだんと会場に人が増えてくる感じは、ドア越しでも分かるわけ。受け付けの所で歓迎の挨拶を繰り返してるえびちゃんの、張り切った明るい声もちょっと頼もしかった。

予定時間を五分ばかり過ぎたころだったかな。ドアを薄めにあけて、笑顔のぞかせたゆうきがサムアップ。そのとたんに、シンバルの生音が響いたんだ。

新郎新婦入場なんて、華やかな気分じゃなかったさ。やっと物置きから解放されたって状態だし、出だしこそ冴えたピアノのメロディーだったけど、ウェディングマーチの主旋律って、ギターとテナーサックスって変じゃないか。それに妙にアップテンポのエイトビートだし。

狭っ苦しいスペースでさ、臨時編成のバンドが祝ってくれてたわけ。アップライトピアノの前で横顔見せてるのがユーコ先生、そのすぐ横で、笑顔でドラム叩いてるのが基さんだった。なごみがエレキ抱えてビート刻んでるし、フロントでしかめっ面でテナー構えてるのがヒロ先生だって、なんだ、このバンド。

なんだかなぁ、って、サクラコの方を見たら、その頬が涙でぬれてた。えびちゃんと朱里ちゃんとありすちゃんが、三人で巨大な花束を持ってきてくれてさ、四人してみんな声出さないで泣いてるんだよな。オレ、置き去りにされたみたいだった。

ゆうきのヤツ。いいかいみんな、最初っからオールフリーでこいつら祝おうぜ、って、お前、それじゃ司会じゃないじゃんか。

でもさ、サイコーに楽しかった。

もちろんサクラコには無理させられないし、限定一時間半。

来てくれたメンバーの一人ひとりに、二人して挨拶してたら、あっという間にそんな時間は過ぎちゃう。中座してごめんねって、取ってあったホテルの、生まれて初めてのスウィートルームにサクラコを連れてった。疲れたろ、って、着換えたサクラコをベッドに寝かして、そう言ったんだ。だって、新婚初夜だって、そんなワケにいかないんだからさ。一番大切なものが、サクラコのお腹に宿ってるんだから。

やっとサクラコの表情が、緩やかになった。怒ってたりしてたワケじゃなくて、極度の緊張の中にいたんだなって、その顔見て思ったよ。そりゃさ、サクラコと一晩一緒に過ごしたことがなかったわけじゃないし。

少し一人でゆっくりしなよ、あいつらにお礼言ってくるからさ、って、オレだけ、ちょっとのつもりで会場に引き返したわけ。

部屋を出ようとしたら、サクラコの小さな声がした。

ねえ、よっちゃん。よかったね。みんな笑ってた。お腹の子、きっと男の子だよ。よっちゃんみたいな男の子だったら、いいな。

柔らかく右手をお腹の上に乗せてさ、どうやったらそんな清らかな笑顔を浮かべられるんだい？

そうだな、サクラコが不幸せに思うような世の中だったら、オレが許さないさ。って、まあ大げさなセリフだって口を突いて出るシチュエーションでもいいじゃん。きっとさ、三人で手ぇつないで新緑の散歩道とか、歩きたいよね。

そのときの、すっごく安らいだサクラコの笑顔を見て、オレも安心したんだよ。で、もう少しあいつらに付き合ってやろうかってさ。

信じらんないよな。主人公いないまんまで、全員で騒いでた。このヒトにこんなもん与えちゃダメだって思ったのが、基さん。ドラムセットの所でさ、ジョッキでシャンパン飲んでるんだぜ。それで、誰かが何か歌い始めると、基さんがリズム刻んで、ヒロ先生のテナーとユーコ先生のピアノが伴奏するんだ。カラオケマシンかよまったく。なごみは馬鹿で融通利かないから、ギター手放してイッコ下の連中とビールジョッキ握りしめて、真っ赤な笑顔でさ。かわりにシンちゃんがいいかげんなリズムギターやってて。フロアでワケわかんないダンスしてるやつもいるし。ケータは誰彼かまわずにタックルに入るモーション見せてるしさ。ジュンは落語家になったんだって、だからって今日は羽織袴じゃなくたっていいだろうによ。でもさ、恵先生に酷評でもされたのか、微妙に肩が下がってたけど。テーブルの端っこでワイングラス抱いてたのがその恵先生。向かい側でバルさんと緒方さんがニコニコしてた。恵先生がひらひら手を振ってオレを呼んだんだよね。馬鹿でしょこのヒトたちって。でもうんとは言えないじゃん。嬉しくてしょうがないですよ、ってとりあえずは。

じゃあ今から、サクラコちゃんを独占した憎っくき善彦を、全員でボコります。ビール瓶でもドラムスティックでもワインオープナーでも、凶器は全てオーケーです。もう時間ないんで、効率よく善彦ギタギタにしましょう。

てめぇゆうき！

そう叫んだときには手遅れだったね。四十人ぐらいいた出席者の全員に、もみくちゃにされちゃった。ミッキー、てめェだろケツつねったのは。でね、胴上げされた最後に、ジョータローが胸倉をつかんできたんだ。サクラコ、ハッピーにしなかったら許さねぇかんなって、あいつの今までの表情の中で一番真剣に見えたよ。

ピアノの一音で、みんながしんとした。ユーコ先生が前奏を弾いて、いきなり基さんが歌い出したんだ。「明日に架ける橋」って、古い歌だけど、知ってた。グラウンド全部に響くぐらいの声量あるから、ノーマイクでも基さんの声が通るのは知ってたさ。でも、高音の伸びにはびっくりしたな。みんな、その声に圧倒されたみたいで、表情消して聴いてたんだよね。

エンディングの一音が消えていく中で、ユーコ先生が、ピアノの前からふと立ち上がったんだ。オレの方にゆっくり進んできてさ、初めてユーコ先生に抱きしめられた。

ユーコ先生の髪、なんだか柔らかい香りがしたよ。

足立くん、ありがと、って。

【著者紹介】

さとう つかさ
中央大学文学部卒。東洋史学専攻。

神奈川県立高校で世界史を担当するとともに赴任した各校でラグビー部の指導に従事し、神奈川県高等学校体育連盟ラグビー専門部に所属。

小説等の執筆とともに、読書、音楽（ドラムス）、落語、料理、鉄道（乗りテツ）、沖縄文化など、興味は多岐にわたり、全部中途半端という性格。

他の著書に『やせっぽちのからだに勇気だけをつめこんで』（2002・文芸社）、『楕円球　この胸に抱いて』（2011・幻冬舎）がある。

そして　みどりの日々
大磯東高校ラグビー部誌

2023年7月13日　第1刷発行

著　者　　さとうつかさ
発行人　　久保田貴幸

発行元　　株式会社 幻冬舎メディアコンサルティング
〒151-0051　東京都渋谷区千駄ヶ谷4-9-7
電話　03-5411-6440（編集）

発売元　　株式会社 幻冬舎
〒151-0051　東京都渋谷区千駄ヶ谷4-9-7
電話　03-5411-6222（営業）

印刷・製本　中央精版印刷株式会社
装　丁　　杉本桜子

検印廃止

Printed in Japan
ISBN 978-4-344-94517-3 C0093
幻冬舎メディアコンサルティングＨＰ
https://www.gentosha-mc.com/